Wien

- Wo alles begann

Meine geliebte Mutter – die hübsche Wienerin

1. Kapitel   1

Bis ans Ende der Tage.

2. Kapitel   16

Mein Vater der Gebirgsjäger.

3. Kapitel   35

Meine Mutter die hübsche Wienerin.

4.Kapitel   48

Tage der Liebe und Leidenschaft.

5. Kapitel   72

Das Erbe des Weltkrieges und die Jahre danach.

6. Kapitel   87

Kinder geben dem Leben einen Sinn.

7. Kapitel   112

Die Zeit der Leiden und des Abschieds.

8. Kapitel	171

    Lehrjahre sind keine Herrenjahre.

9. Kapitel	185

    Eine neue Familie entsteht.

10. Kapitel	204

    Auf zu neuen Ufern!

11. Kapitel	233

    Die Zeit unserer Kinder.

1. Kapitel

Bis ans Ende der Tage.

Als der Pfarrer anfing mit den Fürbitten, erreichte das Gewitter seinen Höhepunkt.

Blitze schlugen in den nahe gelegenen Fichtenwald ein und es goss in Strömen.

Der Geistliche zitterte und zeigte wenig Gottvertrauen. Meine Schwester Hanna war blass um die Nase und wäre am liebsten weggelaufen. Mein Schwager flüsterte mir ins Ohr: „Was wird euer Vater wohl verbrochen haben?"

Ich schaute ihn geistesabwesend an und murmelte: „Vergiss es, es ist das letzte was wir für ihn tun können."

Alle, außer meine Mutter und ich, waren von diesen Naturgewalten beeindruckt.

„Mein Gott Papa, da hast du dir einen bombastischen Abgang von dieser Welt ausgesucht...oder war es Absprache mit dem über uns im Himmel?"

Meine Mutter, die sich bei mir, dem Ältesten ihrer Kinder, untergehakt hatte, blieb bei noch so großem Getöse und Donner völlig ruhig.

Sie war mit ihren Gedanken bei ihrem Ehemann, unserem Vater, dem sie ein Leben lang zur Seite gestanden hatte und das war nicht immer ein Zuckerschlecken.

Sie hatte sehr harte Jahre erlebt, aber sicher auch sehr schöne Zeiten und er war ihre große Liebe. Aber darauf werde ich später noch zurückkommen.

Als der Sarg sich langsam in die Gruft herabsenkte, musste ich an ihn, meinen

herzensguten Vater denken und daran wie er in den letzten Monaten gelitten hatte.

Er hatte einen unsäglichen Leidensweg hinter sich.

Erst die Bandscheibenvorfälle, von denen er sich gerade erholt hatte und dann der Schlaganfall mit halbseitiger Lähmung.

Die vielen Medikamente lösten seine Magenschleimhaut auf und produzierten Magengeschwüre.

Er, der immer aktiv war und alles Gemüse selbst anbaute, saß nun traurig in seinem Garten und konnte nichts mehr tun.

Zum ersten Mal sah ich meinen Vater so verzweifelt und hoffnungslos!

Er sah für sich keine Zukunft mehr und hatte sich aufgegeben.

Ein Mann der den grausamen Partisanenkrieg überstanden hatte und mit zäher Kraft alle Schwierigkeiten des Lebens gemeistert hatte, war am Ende seiner Kräfte.

Als dann eines Morgens um 6 Uhr in meiner Zweitwohnung das Telefon läutete und meine Frau mir erklärte, dass unser Vater eben verstorben war, da war ich darauf eigentlich schon gefasst.

Ich habe dann noch 2 Stunden auf der Bettkante gesessen und ließ meinen Tränen freien Lauf. Jetzt war er tot, der gütige Vater, der so viel für uns getan hatte.

Meine Mutter riss mich aus meinen Gedanken und ging einen Schritt nach vorn, in Richtung Grab und wir streuten ein paar Blumen auf den Sarg.

Pünktlich mit dem Ende der Beerdigung beruhigte sich das Wetter und blauer Himmel kam zum Vorschein.

Als alle Trauergäste gegangen waren blieben wir als Familie noch eine Zeit lang zusammen.

Heute wollte niemand über die Zukunft reden. Erstmal Ruhe finden und dann schauen wie es weitergeht, so hatten wir es mit unserer Mutter vereinbart.

Als wir uns von ihr verabschiedeten, saß sie völlig gedankenverloren in der Küche und machte einen hilflosen Eindruck.

Sie war jetzt ganz allein in dem Einfamilienhaus, das mein Vater mit eigenen Händen gebaut hatte und die Heimat der Familie geworden war.

Wir kamen überein, sie jeden Tag mindestens zweimal anzurufen und so oft wie möglich zu besuchen.

Uns war allerdings die Situation der Mutter, allein im Haus, ohne den Beistand des Vaters, der sie früher immer bei all ihren

Dingen unterstützt hatte, etwas ungeheuerlich und bedenklich.

Wie wird sie das schaffen und die neue Situation meistern?

Eine Antwort war nur sehr schwierig zu finden und wir mussten abwarten.

Bei mir hatte der Tod meines Vaters etwas ausgelöst, was ich so nicht erwartet hätte.

Immer wenn ich mal etwas Freiraum beruflich hatte oder auf langen Flügen, rekonstruierte ich die vielen Gespräche, die ich als Heranwachsender mit ihm geführt hatte.

Weil ich mich schon sehr früh mit der Geschichte und Historie Deutschlands beschäftigte, fragte ich ihn eines Sonntagsmorgens: "Papa warst du eigentlich ein Nazi und hast du auch Menschen getötet?"

„Ein Nazi war ich nie, aber ich habe Menschen töten müssen!" antwortete er sehr nachdenklich.

Dann begannen wir einen Dialog über viele Monate hinweg. Dafür bin ich ihm sehr dankbar gewesen.

Er hat mir Einblicke in die damalige Zeit und die Nazidiktatur aus seiner Sicht gegeben.

Er tat dies übrigens ohne jegliche Verherrlichung der Zeitgeschehnisse und fing nie Sätze an mit: „Damit hatte ich nichts zu tun, davon wusste ich nichts usw."

Er blieb immer sachlich und brachte keine Parolen ins Spiel.

Eines machte er mir aber bei jedem Gespräch deutlich: „Nie wieder Krieg, der von deutschem Boden ausgeht und nimm nie eine Waffe in die Hand!"

Er war eigentlich unpolitisch, aber gegen die Aliierten hatte er eine Aversion entwickelt.

„Die haben unsere Städte mit ihren Bomben in Schutt und Asche gelegt und zehntausende unschuldige Menschen getötet. Das war grausam und pervers."

Die Bombardierung von Dresden war für ihn völlig unnötig gewesen, da der Krieg zu dem Zeitpunkt nach seiner Meinung schon längst entschieden war.

Übrigens haben das Experten nach dem Krieg auch bestätigt. Hier haben die Siegermächte eine große Schuld auf sich geladen!

Aber nun zurück zu unserer Mutter, die nun völlig allein in dem Einfamilienhaus saß, indem früher soviel Leben herrschte.

Schlafen konnte sie nun nur noch mit Hilfe von Schlaf-und Beruhigungsmitteln.

Stundenlang saß sie grübelnd im Wohnzimmer oder lag bis um die Mittagszeit im Bett. Sie wurde immer hilfloser und begann in ihrer Hilflosigkeit uns Kinder pausenlos anzurufen und mit immer neuen Problemen zu konfrontieren.

Dabei lag die Hauptlast bei meinen Schwestern und bei meiner Frau.

Ich selbst war durch den Beruf kaum greifbar und hörte erst am Abend oder Tage später von den täglichen Problemen.

Ihre Unfähigkeit allein zu leben wuchs täglich und war nicht mehr verantwortbar.

Zum Herausstellen der Mülltonnen, einkaufen, Arztbesuche mussten wir sie aufsuchen und unterstützen. In ihrer Verzweiflung und Hilflosigkeit begann sie einen regelrechten Telefonterror.

Wir waren jetzt gezwungen zu handeln und einen anderen Weg für sie suchen. Wir konnten sie in dieser Situation nicht mehr alleine lassen.

Nach langer Beratung im Kreis der Geschwister schlugen wir ihr vor, in ein Altersheim mit betreutem Wohnen überzusiedeln, in das sie auch Teile ihrer Wohnungseinrichtung mitnehmen konnte.

Wir hatten danach das Gefühl, dass sie darauf gewartet hatte und die Perspektive, ihre geliebte Büchersammlung mitnehmen zu können, beflügelte sie geradezu.

Meine Schwestern trafen alle Vereinbarungen mit dem Heim und ich organisierte den Umzug und sollte dann auf Wunsch der Geschwister den Verkauf des Elternhauses in die Hand nehmen.

Mit dem Erlös wollten wir ihr ein angenehmes Leben ermöglichen.

Als sie ausgezogen war, wurden die Reste der Einrichtung und alles was sich über viele

Jahre dort angesammelt hatte, in Containern entsorgt.

Traurigkeit befiel mich, als ich sah wie zerbrechlich und vergänglich das Leben einer Familie ist und Dinge, die Jahrzehnte eine Bedeutung hatten, nun sehr schnell und endgültig bedeutungslos wurden und zum großen Teil in den Müll wanderten.

Alles zerfällt in Einzelteile, beginnt sich aufzulösen und wird scheinbar wertlos.

Meine Mutter aber lebte sich sehr schnell in die neue Situation ein.

Meine Schwestern, die in der Nähe lebten, besuchten sie regelmäßig im Altersheim und auch ich versuchte möglichst oft bei ihr vorbei zu schauen. Sie machte auf uns einen zufriedenen und ausgeglichenen Eindruck und nahm am Leben wieder teil.

Sie war wieder mobil, unternahm Sparziergänge und erfreute sich wieder des Lebens!

Nach einem halben Jahr hatte ich den Käufer gefunden, der bereit war aufgrund der schönen Lage des Hauses am grünen Ortsrand, soviel Geld dafür zu zahlen wie wir es geplant hatten.

Bei der Schlüsselübergabe blieb ich noch eine ganze Weile an meinem Elternhaus stehen und große Wehmut überkam mich.

Ich dachte an die schönen und glücklichen Stunden, die wir in unserer Familie dort in diesem Haus verbracht hatten.

Ich blickte noch mal hoch auf das Fenster, hinter dem sich mein Zimmer befand und indem ich mich als Heranwachsender so wohl gefühlt hatte.

„Adé Vergangenheit, adé Heimat und ja.. adé Papa!"

Es war auch eine Zäsur in meinem Leben; im Elternhaus lebten nun fremde Menschen!

Ein wenig tröstlich war das Gefühl eine richtige Entscheidung im Sinne der Mutter getroffen zu haben.

Ich bin sehr sicher, mein Vater hätte es lieber gesehen, wenn einer der Kinder das Elternhaus übernommen hätte. Sein Denken bezog immer zuerst die Familie mit ein!

Immer wenn ich meine Mutter im Altenheim besuchte, dann stand sie mit einem strahlenden Blick in der Zimmertür und macht einen frohen, zufriedenen Eindruck.

Als Besucher hatte man den Eindruck das sie „Auf Urlaub" hier ist und alle Sorgen, die sie früher niedergedrückt hatten, vergessen waren.

Diese tapfere Wienerin, die in einem kleinen Bauerndorf unter schwierigen Bedingungen, erst drei, dann später, als sie eigentlich mit dem Kapitel abgeschlossen hatte, noch mal ungewollt drei Kinder zur Welt brachte, von denen zwei behindert waren und eines das zehnte Lebensjahr nicht überlebte.

Bruder Peter lebt heute in einem Behindertenwohnheim und führt dort ein zufriedenes Leben.

All das musste sie verkraften und es höhlte ihre Substanz immer mehr aus. Ich konnte als Junge damals nur erahnen was sich in ihrer Seele abspielen musste.

Später aber mehr dazu.

Ich werde meiner Mutter ein eigenes Kapitel widmen und Einblicke in ihr Leben als Wienerin auf dem Lande geben.

Dabei wird einiges offenbar werden und es beschreibt den Weg eines geliebten Menschen, der über die Jahrzehnte immer mehr an Lebensfreude und Zuversicht verloren hat.

Am Ende der Tage durfte sie in ihrer letzten Lebensetappe noch einmal ein paar glückliche Stunden erleben.

Das war für uns Kinder sehr tröstlich und war mehr als gerecht für unsere geliebte Mutter, die in ihrem Leben sehr viel durchmachen und erleiden musste.

Es gibt sie also doch die Gerechtigkeit!

2. Kapitel

Mein Vater der Gebirgsjäger.

Mein Vater kam in einem kleinen Westerwälder Bauerndorf zur Welt und wuchs mit elf Geschwistern auf.

Damals, kurz nach dem 1. Weltkrieg, herrschte Armut und es gab kaum wirtschaftliche Perspektiven in Deutschland.

Deutschland lag wirtschaftlich am Boden und viele Familien hatten ihre Söhne im Krieg lassen müssen.

Die Großeltern konnten durch die vorhandene Landwirtschaft ihre Kinder recht und schlecht ernähren.

Der Großvater betrieb darüber hinaus eine kleine Kornmühle, die an einem kleinen Bachlauf stand.

Der kleine, aber zähe Mann musste das Korn bei seinen Kunden vom Speicher schleppen und nach dem Mahlen später wieder dort hin zurückbringen.

Eine schwere und schweißtreibende Arbeit, heute für uns unvorstellbar!

Der Lohn dafür war sehr karg und es blieb nicht viel übrig um Vorsorge zu treffen.

Natürlich musste damals jedes Mitglied der großen Familie einen Beitrag zum Lebensunterhalt leisten.

Die Kinder mussten auf dem Feld mithelfen. Kartoffeln ernten oder Heu auf den Wagen laden war eine sehr strapaziöse Arbeit.

Trotzdem erzählte mein Vater mit Stolz und auch Freude von der Arbeit auf dem Feld. Gemeinsam arbeiten, am offenen Feuer Kartoffel grillen und die von Oma gekochte Suppe auf dem Feld in trauter Familienrunde essen, davon schwärmte er.

„Mein Sohn, das war Familienzusammenhalt und einer war für den anderen da!", das war sein Credo und er fügte hinzu:„Ohne deine Familie hast du nur geringe Chancen und findest kein Glück, denke immer daran, auch in schwierigen Zeiten."

Später wurde mir klar, das waren keine hohlen Sprüche, sondern er hat wirklich danach gelebt. Unsere Familie war sein Lebensinhalt und dem Familienglück hat er wirklich alles untergeordnet.

Dabei stellte er seine persönlichen Bedürfnisse zu Gunsten der Familie zurück.

Er hatte als Junge in dieser großen Familie das große Privileg einen Beruf erlernen zu dürfen.

Er begann im Nachbarort, wo Bäcker, Schuster, Metzger waren und auch unsere Kirche stand, eine Bäckerlehre.

Er lernte mit Begeisterung diesen Beruf bis die sogenannte Bäckerkrankheit, ein Hautausschlag, ihn leider zur Aufgabe zwang.

Es folgte der Arbeitsdienst, zu dem die jungen Deutschen im 3. Reich herangezogen wurden. Er wurde im Raum Frankfurt beim Bau der Autobahn eingesetzt.

In meinen vielen Gesprächen, die ich als Heranwachsender und auch später mit meinem Vater führen durfte, kamen wir auch auf dieses Thema zu sprechen.

Er sah den Arbeitsdienst durchaus positiv und als Verdienst der Regierung des 3. Reiches an. "Ich wäre sonst arbeitslos gewesen und hätte wahrscheinlich mein Selbstwertgefühl eingebüßt. So aber hatte ich eine Aufgabe, die uns jungen Männern damals Freude bereitet hat.

Natürlich wurde auch Propaganda für Hitler und sein Regime gemacht. Ich kann für mich aber sagen: Ein Nazi wurde ich deshalb nicht."

Mit 21 Jahren wurde er gemustert und aufgrund seiner sehr sportlichen und körperlichen Fähigkeiten zu den Gebirgsjägern, der sog. Edelweißdivision eingezogen nach Garmisch-Partenkirchen.

„Ja, ich war mächtig stolz in so einer Eliteeinheit dienen zu dürfen„, sagte er mir auf Nachfrage. „Wenn wir in unseren Uniformen, mit dem Edelweiß auf dem Ärmel, auftraten, dann waren alle von uns begeistert und wir hatten eine überragende Anerkennung im Volk."

Dienen für die Gesellschaft und seine persönliche Dinge zurück zu stellen, waren damals selbstverständlich und eine Ehre für den Betroffenen.

„Hitler hat euch „seine Garde-Division" genannt und sie war im Krieg an vielen Massakern beteiligt", entgegnete ich ihm damals.

In solchen Situationen wurde er immer sehr traurig und ich sah, dass er auch ein paar verstohlene Tränen vergoss und er sehr aufgewühlt war.

„Es war ein mörderischer und überaus grausamer Krieg, vor allem damals im Partisanenkrieg in Montenegro."

Auch bei solchen Gelegenheiten kam von ihm immer der Appell an mich: "Du mein Sohn wirst deshalb niemals eine Waffe in die Hand nehmen, egal wer auch immer dir das befehlen mag!"

Nach seinem Wehrdienst in Garmisch-Partenkirchen kam er im Frankreichfeldzug zum ersten Mal an die Front.

Im Januar 1940 wurde seine Truppe in die Eifel verlegt und am 10. Mai 1940 erfolgte der Einmarsch nach Luxemburg und dann nach Belgien.

„Das war ein Kinderspiel gegenüber dem was uns dann in Frankreich erwartete. Dort am Oise-Aisne-Kanal waren wir von Ende

Mai bis Anfang Juni in einen mörderischen Stellungskrieg verwickelt.

Dort bekam ich den ersten Eindruck wie grausam der Krieg war", erklärte mein Vater und er berichtete von dem Grabenkrieg, teilweise Mann gegen Mann.

Einige konnten diesem Druck nicht mehr standhalten und verloren die Nerven.

Er berichtete von einem jungen Kameraden, der den Atelleriebeschuss, der pausenlos erfolgte, nicht mehr ertragen konnte und mit seinem Sturmgewehr aus dem Schützengraben sprang und auf die gegnerische Stellung zulief.

In der Demarkationslinie fand er den Tod. Es war ein Kamerad, der mit ihm eingezogen wurde.

„Uns allen wurde klar, entweder ich oder die anderen auf der Gegenseite. Es gab keine andere Wahl."

Mich machten diese Schilderungen sehr betroffen und traurig. Dennoch bin ich meinem Vater dankbar dafür.

Mit hohen Verlusten wurde dann die Aisne überschritten, später die Marne erreicht. In Glen-Argent-sur Sauldre wurde die Truppe dann verladen und traf am 23.Juni 1940 in Charolles ein.

„Dieser erste große Einsatz hat Spuren bei uns hinterlassen. Hunderte Kameraden waren gefallen. Wir hatten die Schreie der Verwundeten, denen Arme oder Beine durch Granaten abgerissen wurden, im Ohr und werden sie nie vergessen. Aber es sollte noch viel schlimmer und grausamer kommen."

Bis zum Januar 1943 waren die Gebirgsjäger im Russlandfeldzug eingesetzt und hatten dort ihre Schlagkraft unter Beweis gestellt.

Die 1. Gebirgsdivision hatte eine gewaltige Marschleistung von fast 5000 Kilometern absolviert, eine unglaubliche Leistung!

Der Blutzoll war allerdings dabei unglaublich hoch. Mein Vater nannte mir mal die Zahl von mehr als 13.000 Kameraden, die bis Ende 1942 gefallen waren.

Der Partisanenkampf in Montenegro, Serbien und Griechenland war nach seiner Schilderung allerdings noch deutlich grausamer und wurde von beiden Seiten ohne Pardon geführt.

Vor allem der Kampf gegen die Tito-Partisanen, der im Frühsommer 1943 begann, konnte er kaum beschreiben.

Es wurde auf beiden Seiten keine Gefangene gemacht.

„Wir kämpften damals unter dem SS-Gebirgs-Armee-Korps und wollten Tito fassen, der mittlerweile bis zu vierhunderttausend Kämpfer gesammelt hatte. Es war ein aussichtsloser Kampf."

Hitler hatte inzwischen den Befehl gegeben, dass für jeden getöteten deutschen Soldaten hundert Zivilisten liquidiert werden mussten. Dadurch entstand ein Völkermord, der den Partisanen immer mehr Zulauf bescherte.

Mein Vater erzählte mir von einigen grausamem Taten, die sich in dieser Zeit ereigneten.

„Meine drei Kameraden und ich übernachteten in einer verlassenen Berghütte mit unseren Maultieren, die mit Munition und Waffen beladen waren für den Nachschub. Zwei Kameraden schliefen unten in der Hütte. Ich hatte mit dem anderen Soldaten in einem Art Heuschober über der Hütte Platz gefunden.

Als wir im Morgengrauen nach unten gingen, stellten wir sofort fest, dass die Maultiere fehlten. Unsere Kameraden lagen mit durchgeschnittenen Kehlen vor der Hütte.

Die Partisanen hatten ihnen ihre Penisse abgeschnitten und in ihren Mund gesteckt.

Auf dem Rücken der Kameraden, hatten sie Hakenkreuze in die Haut geritzt.

Wir wurden fast ohnmächtig vor Schmerz und eine riesige Wut stieg in uns hoch.

Als wir den Bergpass herunter auf die Verbindungsstraße stiegen, sahen wir an den Stromleitungen aufgehängte deutsche Soldaten, denen man ebenfalls die abgeschnittenen Penisse in den Mund gesteckt hatte.

Nachdem die Kompanie sich im nahen Flusstal gesammelt hatte, bekamen wir den Befehl ein nah gelegenes Dorf einzunehmen in das sich die Partisanen versteckt haben sollten.

Ausdrücklich wurde der Befehl erteilt keine Gefangene zu machen und das Dorf komplett zu zerstören. Wir waren alle voller

Wut und wollten nur eines: Unsere grausam hingerichteten Kameraden rächen!

Im frühen Morgengrauen rückten wir gegen den Ort vor. Dort schlief noch alles und wir hatten kaum Gegenwehr.

Nach einer Stunde lagen ca. hundert Menschen tot auf dem Dorfplatz. Frauen, Kinder und nur wenige Männer, meist alte, lagen in ihrem Blut."

Meinem Vater liefen die Tränen herunter als er mit tränenerstickter Stimme zu mir sagte: "Das war der schlimmste Tag in meinem Leben und jahrelang wachte ich aus Alpträumen auf und hatte das Bild dieser unschuldigen Menschen vor mir. Möge Gott uns verzeihen."

Im Januar 1944 traten die Gebirgsjäger zusammen mit der SS-Gebirgs-Division

"Prinz Eugen" zu entscheidenden Kämpfen gegen die Tito-Partisanen an, die sie aber nicht entscheidend schlagen konnten, da sie schon zu stark geworden waren.

„Wir waren im Vormarsch begriffen, als einige Granaten unseren Zug trafen. Ich fühlte noch einem dumpfen Schmerz am Kopf, war dann aber bewusstlos und konnte mich an nichts mehr erinnern", erzählte er mir von dieser Schlacht im Januar 1944.

Er wurde dann mit anderen Verletzten in das Feldlazarett gebracht und dort notversorgt. Da er einige Granatsplitter im Körper hatte und einer unmittelbar unter dem Auge saß, wurde er mit einer JU 52 nach Wien in ein Lazarett ausgeflogen.

Das hat ihm im Nachhinein betrachtet, sein Leben gerettet. Die Division wurde im Oktober 1944 komplett eingekesselt. 5000

Gebirgsjäger blieben im Kessel zurück, sehr viele sind vermisst.

Im Lazarett wurde er sofort operiert und die Granatsplitter, bis auf einen, entfernt.

Als er nach der mehrstündigen OP aus der Narkose erwachte, sah er als erstes eine hübsche, junge Schwester vor seinem Bett stehen, die ihn fragte: „Wie geht es dem Gebirgsjäger? Haben sie Schmerzen?"

Es waren die ersten Worte, die er von seiner späteren Ehefrau hörte.

Er, der nur Krieg und Tod in den letzten Jahren kennengelernt hatte, war sofort von der hübschen und charmanten Wienerin angetan.

„Es gibt sie noch die jungen Frauen und noch dazu eine die so sympathisch ist", dachte er und fiel in einen dämmrigen Schlaf.

Von diesem Tag an freute er sich auf die morgendliche Visite und auf die junge hübsche Wienerin, die ihn anlächelte und faszinierte.

Als er aufstehen konnte und sich jeden Tag mehr erholte, suchte er immer öfter die Nähe seiner späteren Ehefrau, unserer Mutter.

Er hatte nun wieder seine schneidige Gebirgsjägeruniform an und war ein sicher für einige Damen interessanter Mann im besten Alter von 26 Jahren.

Aber er hatte nur Augen für meine Mutter, mit der er sich dann auch abends verabredete und die ihm die Wiener Stadt zeigte und näher brachte.

Dann inmitten dieser Romanze, kam der Befehl das Lazarett von Wien nach Radstadt ins Salzburger Land zu verlegen, da die russischen Truppen schon in Ungarn eingedrungen waren. Mein Vater, der inzwischen Oberfeldwebel war, sollte mit einigen Kameraden den Transport durchführen und organisieren.

Das gesamte medizinische Personal, also auch meine Mutter, begleitete das Lazarett, sehr zur Freude meines Vaters.

Kaum hatte sich das Lazarett etabliert und neue Verletzte von der Front aufgenommen, marschierten die Amerikaner ins Salzburger Land ein und eroberten ohne großen Widerstand das gesamte heutige Bundesland Salzburg.

Die Amerikaner nahmen keine Kriegsgefangene wenn die deutschen

Soldaten sich verpflichteten in der Landwirtschaft mitzuarbeiten, um die drohende Hungersnot zu stoppen.

Mein Vater ergriff diese Möglichkeit und konnte bei dem Vögeibauer in Forstau die Bewirtschaftung der Vögeialm übernehmen.

Meine Mutter, die wegen der drohenden Besetzung Wiens durch die Russen nicht zurück nach Wien wollte, ging mit ihm auf die Alm, obwohl sie als Stadtkind für ihn keine große Hilfe bei der Almwirtschaft sein würde.

Von der großen und sehr leidenschaftlichen Liebe der beiden Verliebten werde ich in einem besonderen Kapitel erzählen.

3. Kapitel

Meine Mutter die hübsche Wienerin.

Meine Mutter wurde 1924 in Mödling bei Wien als jüngste Tochter des Lehrerehepaares Haselrieder geboren.

Ein paar Monate nach ihrer Geburt starb ihre Mutter an einer verschleppten Lungenentzündung, sodass sie und ihre 3 Jahre ältere Schwester, zu Halbweisen wurden.

Sie lebten damals in einer schönen Dienstwohnung und ihr Vater Arthur war mit der Betreuung der Kinder überfordert.

Er suchte eine Haushälterin, die er in der Tante Mizzi, wie wir sie später nannten, dann auch gefunden hatte.

Sie lebte mit in der geräumigen Dienstwohnung und kümmerte sich um alles.

Dabei wurde sie im Laufe der Jahre eine Ersatzmutter, die von den beiden Mädchen geliebt wurde.

Als ich sie im Alter von 12 Jahren später in Wien kennenlernen durfte, war ich von dieser gütigen und liebenswerten Frau begeistert. Sie hat für die beiden Mädchen gesorgt wie eine leibliche Mutter und war ein Glücksfall für die Familie und unersetzlich geworden.

Vor meinem Großvater, den ich damals in Baden bei Wien kennenlernte, hatte ich große Achtung. Er war eine beindruckende Persönlichkeit mit Charisma.

Aber dazu mehr zu einem späteren Zeitpunkt.

Die beiden Geschwister Herma und Hilde sahen ihren Vater nicht allzu oft, da er neben seiner Karriere im Schulwesen, auch in der Politik sehr engagiert bei den Sozialdemokraten war.

Dieses Engagement und seine Ablehnung gegenüber den Nazis hätten ihn fast ins KZ gebracht. Er hatte einen großen Freiheits- und Gerechtigkeitssinn, den er mir wohl auch vererbt hat.

Aber nun zu meiner Mutter zurück. Sie wuchs bei der Mizzi Tante behütet und mit viel Liebe umsorgt auf.

Wie gesagt, der Vater war leider oft in anderen, für ihn wichtigen Sachen unterwegs.

Er war inzwischen Schulrat geworden und sorgte dafür, dass beide Mädchen die höhere Schule besuchten und auch später mit der Matura, wie das Abitur in Österreich heißt, abschlossen.

Während dieser Zeit zog die Familie nach Baden bei Wien um, wo der Vater eine schöne Villa in der Mautner-Markhofstraße erworben hatte. Diese lag direkt hinter dem bekannten Kurpark der Stadt, die früher die Sommerresidenz des Kaisers war.

Bis zum bekannten Lanner - Strauss Denkmal waren es 5 Minuten und bis zur Römertherme nochmal der gleiche Weg.

Baden, als ehemals K&K Residenz, war damals schon eine bedeutende Kurstadt mit vielen Kureinrichtungen, noblen Hotels, einem Casino und einem Stadttheater.

Hier verbrachte meine Mutter ihre Jugendzeit, besuchte das Theater, ging den gesamten Sommer über in das bekannte Thermenfreibad, das neben der Römertherme Bedeutung hatte und wuchs weltoffen in dieser schönen Stadt, am Rande von Wien, auf.

Baden hat auch heute noch bei mir eine besondere Anziehungskraft und wenn meine Frau mitgespielt hätte, heute auch meine Heimat.

Die vielen kulturellen Möglichkeiten, das schöne Helenental mit dem Fluss Schwechat und die Nähe zu Wien, das wäre es für mich gewesen.

Aber nun zurück zu meiner geliebten Mutter.

Nach der bestandenen Matura begann sie eine Lehre als Verwaltungsangestellte bei der Kurverwaltung der Stadt Baden.

Sie war eine bezaubernde junge Frau, die damals sicher viele Verehrer hatte. Sie hatte ein gewinnendes Lächeln und eine natürliche Anmut, einfach liebenswürdig.

Bilder von damals zeigen eine attraktive junge Frau mit besonderem Liebreiz.

Dabei war sie auch eine sehr kluge junge Frau, die nach dem Krieg ein Studium in Wien beginnen wollte und von daher lag sicherlich eine glänzende Zukunft vor ihr.

Es kam aber alles anders.

Der Weltkrieg machte ihr einen Strich durch die Rechnung und ihre Zukunft verlief, wie bei vielen anderen Zeitgenossen damals, ganz anders und nicht mehr planbar.

Sie wurde dann auch zur Arbeit in einem Lazarett in Wien zwangsverpflichtet. Es war für sie eine riesige Umstellung.

Eigentlich wurde sie ins kalte Wasser geworfen und sah sich mit den grausigen Folgen des 2. Weltkrieges unmittelbar konfrontiert.

Verstümmelte Soldaten, fast jeden Tag auch welche die starben und viel Leid und Elend.Das war nun ihre tägliche Realität.

Sie hat es mit großer Stärke und Hilfsbereitschaft aufgenommen und gemeistert, wenn auch ein Teil ihrer Jugend dadurch verloren ging.

Mit ihrem natürlichem Charme und ihrem ausgeprägten Gefühl für schwierige Situationen, war sie für die Verwundeten ein Strohhalm und sie spendete ihnen Trost.

Das hat mein Vater als Verwundeter wohl auch sofort gespürt. Als er sie zum ersten Mal sah, spürte er eine Nähe, die er bisher zu keinem anderen Menschen hatte.

Sie war für meinen Vater, nach all den Kriegsjahren an der Front, das erste weibliche Wesen und hatte auch von daher eine ganz besondere Anziehungskraft.

Später hat mir mein Vater einmal von dieser Zeit erzählt: „Sie war für mich wie ein Wesen von einem anderen Stern und ich habe mich sofort unsterblich in deine Mutter verliebt."

Für meine Mutter war er zunächst ein Patient der ihre Unterstützung und Hilfe benötigte. Aber nach einer gewissen Zeit ertappte sie sich dabei, auch ohne direkten Anlass, ihn in seinem Krankenzimmer zu besuchen.

Auch sie hat später einmal von dieser Zeit erzählt: "Weisst Herbert, dein Vater war halt so ein fescher und hübscher Bursche, der trotz seiner Verwundung, Zuversicht und Lebensbejahung ausstrahlte, was uns allen in diesen schweren Kriegstagen oft fehlte. Dabei hatte er eine Natürlichkeit, die wir Städter ein wenig verloren hatten."

Anfangs wusste sie noch nicht, dass es Liebe war, die sie empfand. Sie war noch so jung und völlig unerfahren in Sache Liebe.

Erst nach den zarten Küssen, die sie später nach einem Besuch im Wiener Prater, austauschten, da begann die zarte Pflanze Liebe inmitten einer sonst so brennenden Welt mit Bombardierungen und täglichem Tod, zu wachsen.

Sie verbrachten trotzdem wunderschöne, märchenhafte Wochen in Wien und versuchten den Krieg mit seiner grausigen Wirklichkeit zu vergessen.

Bei all dem dachte meine Mutter auch an die ungewisse Zukunft die vor ihnen lag: „Wann muss er wieder an die Front, werde ich ihn danach jemals wiedersehen?" Das beschäftigte sie und hinderte sie daran sich ihm völlig und ohne Vorbehalte hinzugeben.

Aber trotz aller Bedenken und dieser großen Unsicherheit bezüglich der Zukunft wurde ihr dann klar, dass sie in meinem Vater die große Liebe ihres Lebens gefunden hatte.

In den dunklen Bombennächten in Wien suchte sie bei ihm Schutz.

Er, der tagelangen Artilleriebeschuss und Kämpfe Mann gegen Mann ausgehalten hatte, gab ihr nun Halt und nahm ihr die Angst.

Auch in der Nacht als eine Bombe das Nachbargebäude fast völlig zerstörte und sie beide mithalfen die Verwundeten zu versorgen, da wusste sie: "Das ist der Mann, mit dem ich einmal eine Familie gründen will und mit dem ich durchs Leben gehen will. Auf ihn ist Verlass und mit ihm will ich mein Leben verbringen."

Als dann feststand, dass mein Vater nicht mehr zur Front zurückversetzt würde, sondern als Oberfeldwebel das Lazarett, in das Land Salzburg, nach Radstadt, verlegen sollte, da hatte sie noch Zweifel über ihre eigene zukünftige Aufgabe und wusste nicht was die Zukunft bringen sollte.

Erst am Vorabend des Transportes wurden von der Führung der Sanitätskompanie alle Helfer benannt, die nach Radstadt beordert werden sollten.

Hier hat das Schicksal zum ersten Mal eine entscheidende Rolle gespielt.

Meine Mutter war mit dabei und hat in der kommenden Nacht vor Glück und Freude keine Ruhe gefunden.

Sie sagte mir später: „Jetzt wusste ich das Schicksal hat die gemeinsame Zukunft mit deinem Vater bestimmt und trotz der schrecklichen Kriegsgeschehnisse war ich sicher, dass es eine wunderschöne Zukunft sein würde."

Der Transport nach Radstatt fand dann in der Nacht statt und musste mehrmals wegen Bombenangriffen unterbrochen werden.

Bei diesen Angriffen im Morgengrauen des nächsten Tages herrschte großes

Durcheinander und es kam Panik bei den Verwundeten auf.

Auch dabei konnte meine Mutter beobachten mit welchem Mut und mit welchem Überblick mein Vater die Situation meisterte. Er lenkte den gesamten Transport in ein Waldstück, sodass die Bomber kein Ziel mehr fanden.

Auch später behielt er in schwierigen Situationen immer die Nerven und fand den Weg aus den Schwierigkeiten.

Für diese Leistung, die sicherlich vielen Menschen das Leben gerettet hat, bekam mein Vater das Kriegsverdienstkreuz I. Klasse verliehen.

4. Kapitel

Tage der Liebe und Leidenschaft.

Das Lazarett wurde bei Radstatt in ein leerstehendes Nobelhotel einquartiert und sollte dort, wenigstens vorübergehend, einen neuen Platz finden.

Nachdem den Russen in Ungarn im März 1945 der Durchbruch gelang, kamen immer weniger Verwundete im Lazarett an. Als die wenigen verbliebenen genesen waren, hatte das Personal immer weniger Beschäftigung mit der Krankenpflege.

Als dann die Amerikaner von Oberösterreich ins Land Salzburg vorrückten, wurde das Lazarett vollends aufgelöst und die Soldaten, wie auch mein Vater, ergaben sich ohne Gegenwehr der amerikanischen Armee.

Für meinen Vater und meine Mutter begannen bange Stunden. Würden die deutschen Soldaten nun in Kriegsgefangschaft kommen?

Auch in dieser Ungewissheit behielt mein Vater die Nerven und beruhigte meine Mutter, die sehr verzweifelt war.

Es kam dann einem Wunder gleich: Die Amerikaner entschieden, dass alle Gebirgsjäger, die sich verpflichteten in der heimischen Landwirtschaft mit zu arbeiten, nicht in Gefangenschaft kommen würden.

Es war eine schicksalhafte Entscheidung für die Zukunft meiner Eltern.

Mein Vater hatte schon vorher einen engen Kontakt zu dem Bauer vom Vögei-Hof in Forstau geknüpft, der ihn und meine Mutter als Senne und Sennerin dann auch auf seiner Alm anstellte.

Ab dem Mai 1945 bewirtschafteten sie diese Alm, die ich vierzig Jahre später einmal besuchte um dort die Zeit meiner Eltern nachzuvollziehen und in ihre Geschichte einzutauchen.

Die Alm lag am Ende eines Gebirgstales und man hatte von hier aus einen herrlichen Blick auf den Dachstein.

Es gibt kaum einen schöneren Ort dort in den Bergen im Salzburger Land.

In der Nähe befinden sich zwei wunderschöne Seen, herrlich am Ende des schmalen Tales gelegen.

In diesen Seen hat mein Vater Forellen und Saiblinge gefangen und sie in der Alm zubereitet.

Die Arbeit dort war überschaubar und für meine Eltern war es wie Urlaub oder besser gesagt wie in einem kleinen Paradies.

Ihre wundervolle Beziehung konnte sich hier mit aller Kraft und Liebe entwickeln. Oft lagen sie ganz oben im Tal auf einer Almwiese wo sie sich liebten.

Sie vergaßen den grausamen Krieg und die schrecklichen Bilder des Krieges begannen ganz langsam zu verblassen.

Jeder Tag war ein Geschenk für sie.

Ich habe Bilder aus diesen Tagen gesehen, wo beide auf der Bank vor der Almhütte saßen und sich in den Armen hielten.

Sie strahlten sich an und es war für sie der Himmel auf Erden. Es war ein wunderschönes, junges Liebespaar voller Glück.

Wenn ich diese Bilder von damals, zusammen mit meiner Mutter betrachtete, dann begann sie zu schwärmen und sagte zu mir: „Ach mein liebes Burli, des wünsch ich dir auch für dein späteres Leben."

Übrigens sollte der Wunsch der Mutter bei mir in Erfüllung gehen.

Meine Mutter hat mir viel von dieser Zeit erzählt und mir immer wieder gesagt, dass es die schönsten Monate in ihrem Leben waren. Völlig unbeschwert lebten sie in den Tag hinein, kümmerten sich um das Vieh und die Alm.

Mein Vater, der in der Landwirtschaft groß geworden war, verarbeitete die Milch zu Käse und Butter. Im Herbst half er mit die Almwiesen zu mähen und Heu zu machen.

„Eines Tages musste er zwei verirrte Schafe im höheren Gebirge suchen. Als er am Nachmittag nicht zurück war, machte ich mir Sorgen um ihn. War er im Hochgebirge verunglückt oder sogar abgestürzt? Kurz vor Einbrechen der Dunkelheit kam er zurück zur Almhütte und nahm mich freudestrahlend in den Arm. Aus seinem Rucksack nahm er ein Edelweiß, das er aus der Bergwand gepflügt hatte und steckte es an mein Dirndlkleid, " erzählte meine Mutter mir.

An diesem besonderen Tag saßen sie dann die halbe Nacht auf der Bank vor der Hütte und schauten in den Sternenhimmel, der in der klaren Bergluft mit tausenden Sternen übersät war.

Ich habe vierzig Jahre später dort auch gesessen und konnte dieses Erlebnis in der traumhaft schönen Umgebung nachvollziehen.

Die Einsamkeit und völlige Ruhe in dieser Naturlandschaft machen einen demütig und froh.

Bei meinen Eltern kam allerdings ihre romantische und große Liebe dazu, die es zu einem großen Augenblick machten und für sie unvergessen blieben.

Die Tage und Wochen auf der Vögei-Alm waren für meine Eltern eine Zeit im Einklang mit der wunderbaren Bergwelt und in der Zweisamkeit ihrer Beziehung.

Manchmal verirrte sich ein einsamer Wanderer auf die Alm und wurde von meinen Eltern bewirtet.

Bei dieser Gelegenheit erfuhren sie die neuesten Nachrichten und das die Russen nun Niederösterreich und Wien besetzt hatten.

Man berichtete von Gräueltaten die an der Bevölkerung verübt wurden und im Gegensatz zur amerikanischen Besatzungszone, wurden alle deutschen Soldaten in die Kriegsgefangenschaft nach Russland deportiert. Wir wissen heute, dass sehr viele von ihnen nie mehr nach Hause kamen und ihr Leben dort ließen.

Meine Mutter beunruhigten solche Nachrichten und trübten ein wenig ihre Stimmung.

Mein Vater dachte wie immer positiv und beruhigte sie mit dem Versprechen: "Bevor die Russen hier eintreffen werden wir uns nach Deutschland absetzen, also mach Dir keine Sorgen."

Sie vertraute ihm und jeder Tag und jede Nacht war ausgefüllt von ihrer Liebe und Zuversicht.

Öfter wanderten sie zu dem, auf der oberen Alm gelegenen, See in dem sie badeten und ausgelassen sich im Wasser vergnügten.

Es war eine leidenschaftliche Liebe, die sie beide erfüllte und es kam ihnen vor als ob sie in einem Film wären, der da mit ihnen gedreht wurde.

Für meinen Vater war diese Zeit auch wie eine Therapie, die im half die Grausamkeiten des Krieges in seiner Erinnerung zurück zu drängen und vergessen zu machen.

Er hatte seine große Liebe gefunden und wäre am liebsten ewig auf der Alm geblieben.

Die Arbeit füllte ihn aus, es war genügend zum Essen da und für ihn waren die Berge eine Heimat geworden.

Wenn er nachts neben seiner jungen Frau lag und sie in den Arm nahm, dann war er vollends glücklich.

So näherten sich die Tage dem Herbst zu und wurden kürzer.

Das Heu war in den Heuschober gebracht und zum großen Teil ins Tal verbracht. Die Tage wurden ruhiger und der Almabtrieb rückte jeden Tag näher.

Sie nutzten diese goldenen Herbsttage für ausgedehnte Wanderungen in den Bergen der Tauern.

Manchmal blieben sie über Nacht am Gipfel eines Berges und übernachteten in dem

Zelt, das zur Ausrüstung der Gebirgsjäger gehörte.

Solche Nächte waren für sie Höhepunkte in ihrem Leben und wenn sie morgens den gigantischen Sonnenaufgang erleben durften, Gamsböcke vorbeizogen und Birkhähne zu hören waren, dann überkam sie eine große Dankbarkeit dafür, dass sie solche Stunden erleben durften.

Jahre später durfte ich Ähnliches im Dachsteingebiet als Jäger und Berggeher erleben. Es ist für mich, auch in Erinnerung an meine Eltern, einer meiner schönsten Stunden im Leben gewesen.

Meine Frau und ich saßen einmal auf einem Jägersitz über dem Ahornsee, der tief unter uns lag und hatten einen Fernblick in Richtung Forstau.

Wir konnten Gemsen dabei beobachten wie sie durch die Gebirgswand vor uns zogen.

Es war ein prägendes Erlebnis und ich dachte auch dabei an meine Eltern.

Die Bergwelt kann so faszinierend und aufregend sein. Die Einsamkeit und die Stille in der Natur machen einen völlig ruhig und Dankbarkeit ergreift einen.

Man spürt dabei wie klein und unbedeutend der Mensch in dieser gigantischen Umgebung ist.

Meine Eltern waren sicher genauso beeindruckt und berührt von der Bergwelt oben auf der Vögei-Alm und es war sicher ein trauriger Tag im Spätherbst, als sie mit dem Vieh hinunter ins Tal zogen und die Alm verlassen mussten.

Es war übrigens ein Abschied für immer. Sie sind niemals dahin zurückgekehrt.

Gut, dass sie das selbst damals nicht ahnen konnten. Das hätte sie wahrscheinlich sehr traurig gemacht.

Fünfundvierzig Jahre später habe ich meinen Eltern angeboten mit mir diese Orte ihrer großen Liebe auf zu suchen, was sie leider abgelehnt haben.

Ich denke sie hatten mit dieser Epoche ihres Lebens abgeschlossen und lebten nun in einem ganz anderen Lebensabschnitt, der nicht mehr so leicht und glückselig war wie damals.

Heute kann ich ihre Entscheidung verstehen. Alles hat seine Zeit und ein Lebensabschnitt lässt sich nicht zurückdrehen.

Daran sollten wir öfter in unserer heutigen schnelllebigen Zeit denken. Das Jetzt und den Augenblick genießen, das sollten wir uns viel öfter gönnen.

Ich bin sehr dankbar, dass ich durch meine Eltern in das Dachsteingebiet gekommen bin und dort eine wundervolle Zeit erleben durfte.

Während ich diese Zeilen schreibe kommt Sehnsucht bei mir auf und ich möchte am liebsten sofort aufbrechen in diese schöne Bergwelt, die auch mir sehr viel bedeutet.

Aber nun zurück zu meinen Eltern.

Nachdem sie am Vögei-Hof zurückgekehrt waren, bot ihnen der Bauer eine Arbeit am Hof an und sie sollten dann im Frühjahr wieder die Alm bewirtschaften.

Mein Vater war begeistert von diesem Vorschlag und konnte sich gut vorstellen in Forstau zu leben um diese unbeschwerte Zeit fortzusetzen.

Meine Mutter jedoch war bei aller Romantik des Lebens auf der Alm keine Frau, die für einen Bauernhof geboren war.

Sie war das Leben im städtischen Umfeld und der Wiener Lebensqualität gewohnt.

Heimlich hatte sie sich immer nach Baden bei Wien zurückgesehnt.

Wollte mal wieder ein Theater besuchen, in einem schönen Caféhaus sitzen, mit ihren Freundinnen plaudern und eine Sachertorte mit ihnen essen.

Sie wollte gerne ihre Schwester und die Mizzi- Tante wiedersehen, mit ihnen über die schöne gemeinsame Zeit reden und sie vermisste die angenehmen Dinge der Wiener Stadt.

Natürlich hätte sie auch sehr gerne mit ihrem Vater über die zurzeit herrschende politische Situation und vor allem über die Zukunftsperspektiven mit diesem klugen Menschen gesprochen.

Aber ein Leben hier im Salzburger Land inmitten von Kühen, Schafen und auf der Alm, das war nicht das was sie sich eigentlich für ihr Leben wünschte.

Vielmehr war ihr Ziel ein Studium zu absolvieren und in der Wiener Gesellschaft ihre Rolle in der Mittelschicht einzunehmen.

Ihre Kinder sollten im Wiener Umfeld mit all ihren Möglichkeiten aufwachsen.

Im Moment konnte sie nicht zurück nach Wien, weil dort die russische

Besatzungsmacht herrschte und sie wollte nicht das Risiko einer Kriegsgefangenschaft eingehen, die meinem Vater dort gedroht hätte.

Von all diesen Gedanken ahnte mein Vater nicht das Geringste - bis auf einen Abend als sie in ihrer Kammer, nach ausgetauschten Zärtlichkeiten, über ihre Zukunft sprachen.

Mein Vater war sehr erstaunt als meine Mutter ihn in ihre Gedankenwelt einweihte.

„Wir haben doch hier in diesem schönen Salzburger Land alles was wir brauchen und wir sind doch sehr glücklich", war die einfache Antwort meines Vaters, der ihre Gedanken nicht wirklich nachvollziehen konnte.

Übrigens blieb das sein Leitgedanke in seinem ganzen, späteren Leben. Große Ziele anzustreben war nicht sein Ding. Er war eher der pragmatische Typ von Mensch.

„Alles was wir brauchen, das haben wir hier sicherlich nicht. Dieses Leben hier ist nicht das was ich mir für alle Zeiten vorstellen kann", entgegnete sie und zum ersten Mal wurden die Unterschiede über eine Lebensauffassung zwischen beiden Liebenden deutlich.

Die Diskussion rückte noch einmal deutlich in den Mittelpunkt als meine Tante Herma aus Wien anreiste um sie zu besuchen und ein paar Tage mit ihnen in Forstau verbrachten.

Sie berichtete von den Verwüstungen der Russen in Wien und Umgebung.

„Stellt Euch vor, sie sind mit ihren Panzern mitten durch den Kurpark in Baden gefahren und haben sehr viel dort zerstört und so manche Frau wurde brutal von ihnen vergewaltigt, absolut furchtbar!

Jetzt ist es schon etwas ruhiger geworden und das normale Leben kehrt langsam wieder ein."

„Wann hast Du Deine Rückkehr nach Wien geplant? Unser Vater würde es gerne sehen wenn Du Dich auf ein Studium vorbereiten würdest. Ich denke er würde Dich dabei unterstützen."

Als sie dann hörte, wie mein Vater über die Zukunft dachte, war sie alles andere als begeistert.

Sie räumte zwar ein, dass es im Moment für einen ehemaligen deutschen Soldaten noch die Gefahr einer russischen Gefangenschaft bestehen würde, aber in wenigen Monaten sei sicherlich schon eine andere Situation.

„Geh Herzerl, bittschön komm zurück in die Wienerstadt, geh sei so liab", flüsterte sie in Wienerisch meiner Mutter ins Ohr.

Nach zwei Wochen mussten sie unter Tränen und vielen Busserln, Abschied nehmen von einander.

Damals wussten beide noch nicht, dass es ein Abschied für mehr als zehn Jahre sein würde.

Die Winter im Salzburger Land sind sehr schneereich. Auch damals waren es lange, manchmal dunkle Wintertage, die keine großen Aktivitäten zuließen.

Mein Vater verrichtete Arbeiten auf dem Hof und meine Mutter wurde es zunehmend langweiliger. Aber dann kam ein Ereignis, dass ihr beider Leben grundlegend ändern sollte.

Im Januar 1946 blieb die monatliche Periode bei meiner Mutter aus. Anfang Februar konsolidierte sie einen Arzt, der eine Schwangerschaft feststellte.

Für sie stand fest, dass sie das Kind bekommen wollte. Auch mein Vater freute sich sehr auf das Kind.

Die Frage aber war: Wo soll das Kind zur Welt kommen? Hierzu gab es drei Möglichkeiten:

Entweder in Forstau oder in Wien und als letzte Variante die Heimat meines Vaters, der Westerwald.

Für meine Mutter war das Salzburger Land keine wirkliche Alternative. Auf einer Alm leben und arbeiten, das war nicht ihr Lebensziel.

Wien war ihre Präferenz. Hier sollte ihr Kind groß werden und eine Zukunft haben.

Auch für sich selbst sah sie hier die größten Chancen für eine gute Zukunft.

Dagegen sprach die Unsicherheit durch die sowjetische Besatzung in Wien und damit auch das Schicksal der Kriegsgefangenen, die oft mit einer Deportation in die Sowjetunion endete.

Zunächst beschlossen sie hier zu heiraten und gaben sich im nahen Schladming das Ja-Wort. Es war eine stille Hochzeit mit nur wenigen Gästen.

Danach beschlossen sie, nach langen Abwägungen und Diskussionen, in die

Heimat meines Vaters, in den Westerwald, zu gehen.

Es war für meine Mutter eine schicksalhafte Entscheidung, die ihr sehr schwer fiel.

Es war ein schwerer und trauriger Abschied von Österreich und wenn damals schon klar gewesen wäre, dass die Besatzungszeit bis zum Jahr 1955 dauern würde, dann wäre es für meine Mutter unerträglich gewesen.

Während bei meinem Vater die Freude überwiegte, nagte an meiner Mutter die Ungewissheit.

Was würde sie in der Heimat ihres Mannes erwarten und wie würde sich ihr Leben dort gestalten? All diese Fragen quälten sie und blieben zunächst unbeantwortet.

Alles aber wurde durch die große Liebe des jungen Paares überlagert und gemildert.

Trotz allem sahen sie in eine gemeinsame Zukunft, die sie meistern wollten.

Mittels ihrer starken Liebe glaubten sie alle Unwägbarkeiten ausräumen zu können.

Hinzu kam die Verantwortung für das ungeborene Leben, dem sie eine gute Zukunft geben wollten.

5. Kapitel

Das Erbe des Weltkrieges und die Jahre danach.

Der Abschied vom Vögei-Hof und dem Salzburger Land war sehr emotional.

Mein Vater hatte sich hier sehr wohl gefühlt und liebte diese schöne Gebirgslandschaft. Es kam hinzu, dass er sich mit dem Bauer des Vögei-Hofes und den Menschen dort in Forstau sehr gut verstand.

Außerdem konnte er hier seine Traumatisierung, die durch die schlimmen und grausamen Erlebnisse des Krieges ausgelöst worden war, abbauen und vergessen.

Er hatte hier seine körperliche und mentale Kraft wieder gefunden und war von daher für die Zukunft vorbereitet.

Aber auch meine Mutter trauerte den glücklichen Tagen auf der Alm nach. Hier hatte sich ihre Liebe entwickelt und sie erlebte eine unbeschwerte Zeit mit ihrem Liebsten.

Dazu kam eine ungewisse Zukunft in Deutschland. Wie würde sie dort aufgenommen werden?

Könnte sie dort später mit ihrem dann geborenen Kind die glücklichen Tage weiter fortsetzten oder würde sie aufgrund von Heimweh in der Fremde unglücklich werden?

Auch in Deutschland, so hörte sie, waren die Folgen des 2. Weltkrieges infolge Zerstörung und der Besatzung durch die Siegermächte, alles andere als rosig, sondern eher als sehr schwierig zu bezeichnen.

In den vielen Stunden, die sie dann im Zug von Radstadt bis nach Köln saßen, konnten sie sich ein erstes Bild von deutschen Städten machen in denen der Zug anhielt.

In Köln verließen sie den Zug und hatten einen längeren Aufenthalt bis sie in einen anderen Zug umsteigen konnten, der sie dem Westerwald näher brachte.

In Köln waren beide von der gewaltigen Zerstörung die sie sahen erschüttert. Meine Mutter hat mir später davon erzählt.

„Alle Gebäude und Häuser waren, bis auf die Keller, zerstört. Es war kein Stein mehr auf dem anderen und inmitten dieser Steinwüste stand der Kölner Dom, der wie ein Mahnmal, unzerstört in den Himmel ragte", sagte sie und war auch Jahre danach davon noch sehr berührt.

Beide stellten sich die Frage ob diese Zerstörung für den Ausgang des Krieges notwendig gewesen war und wer es zu verantworten hat.

Nachdem sie eine kleine Regionalbahn in den Westerwald gebracht hatte, mussten sie die letzte Strecke bis in den Heimatort meines Vaters zu Fuß zurücklegen.

Als meine Mutter zum ersten Mal den kleinen Ort betrat, da dachte sie spontan: "Mein Gott, die sind ja hier noch hinter dem Mond daheim. Das ist ja viel schlimmer als es in Forstau gewesen war."

Die Jauche und die Abwässer rannen hier noch der Ortsstraße entlang und verbreiteten einen entsprechend strengen Geruch.

Vor fast jedem Haus war noch Mist aufgeschichtet und alles war sehr, sehr ländlich.

Als sie dann im Elternhaus meines Vaters ankamen, mussten sie feststellen, dass bedingt durch den Krieg, das Haus völlig überbelegt war. Entsprechend freundlich war dann auch dort der Empfang.

In dem Einfamilienhaus wohnten meine Großeltern, eine Schwester meines Vaters mit ihrem Mann und drei Kindern sowie eine Tante aus Köln mit ihrem Mann und eine weitere Tante aus Köln, die ausgebombt waren.

Meine Eltern mussten mit einer kleinen Dachkammer vorlieb nehmen.

Im ganzen Haus gab es eine Toilette und ein kleines Bad.

In der Kammer standen ein kleines, altes und wackliges Holzbett, ein kleiner Kleiderschrank und ein Stuhl. Durch das Dachfenster kam nur wenig Licht in das Innere des kleinen Raumes.

(Anmerkung: Hier würde heute kein Flüchtling eingewiesen und die Presse würde über diese Zustände berichten.)

Als meine Mutter dann alleine in dieser tristen Kammer saß, weinte sie bitterlich und dachte dabei an ihre wundervollen Tage in Baden bei Wien.

Sie war geschockt und zugleich sehr verzweifelt.

Jetzt schon bereute sie ihren Entschluss sich für die Heimat meines Vaters entschieden zu haben.

Später einmal sagte sie zu mir: „Das war die schlimmste Stund`in meinem Leben. Ich war völlig verzweifelt."

In diesen Stunden bekam sie den ersten Dämpfer für ihren Lebensmut und sah ihr Glück schwinden.

Es kam hinzu, wie sie später erfahren musste, dass ihre Schwiegermutter eine wie man in Wien sagt „Bissguarn" war, also ein Biest, das niemand im Hause mochte.

Mein Vater aber war trotz der bescheidenen Wohn- und Lebensverhältnisse froh wieder in seiner angestammten Heimat zu sein.

Er spürte dabei nicht wie niedergeschlagen seine junge Frau war.

Voller Freude schloss er seinen Vater in die Arme und küsste seine Mutter, die ihm mitteilte, dass sie in den armen Kriegsjahren sein Erspartes aufgebraucht hatte um die Familie am Leben zu halten.

Er half seinem Vater in der kleinen Landwirtschaft und sie hatten somit Milch, Kartoffeln, Gemüse und nach der Schlachtung ab und zu etwas Fleisch.

Aber es saßen viele hungrige Mäuler am Tisch und es reichte gerade mal aus um nicht hungern zu müssen.

Auch die Ablehnung der neu Angekommenen wurde sehr deutlich und spürbar.

„Was will diese verwöhnte Städterin hier bei uns? Wozu ist sie uns nutze?", waren die Fragen die man in der Familie stellte.

Anfang 1947 begannen die Keramikfabriken im unteren Westerwald wieder mit ihrer

Produktion. Es gab einen großen Bedarf für Geschirr und andere Keramikprodukte.

Mein Vater hatte das Glück bei einem Hersteller von Keramikgeschirr einen Arbeitsplatz im Lager und Versand zu finden. Naturgemäß war zu dieser Zeit der Lohn sehr gering und reichte nicht wirklich aus um eine Familie zu ernähren.

Das erste Jahr musste er den Arbeitsweg, der etwa sechs Kilometer betrug, mit einem alten Fahrrad, das er sich aus alten Teilen zusammen gebaut hatte, zurücklegen. Später konnte er ein altes Motorrad aus Armeebeständen erwerben, das er reparierte und instand setzte.

Meine Mutter indessen hatte keine Arbeit und half im Hause der Schwiegermutter, die sie als Städterin ablehnte.

"Was willst Du mit so einer Frau aus der Stadt, die hier niemand versteht?", hatte sie ihren Sohn gefragt und bei jeder Gelegenheit zeigte sie ihre Abneigung gegen meine Mutter.

Später einmal gestand mir meine Mutter einmal, dass sie wegen dieser Ablehnung sehr gelitten habe und diese einfach strukturierten Bauern nicht verstand.

Es gab für sie in diesem kleinen Bauerndorf keine Abwechslung und die Chance mit anderen Frauen des Dorfes näher in Kontakt zu kommen, war gleich Null.

Mit einer Wienerin, die von den Besuchen in der Oper, im Thermalbad und vom Bummel durch Geschäfte schwärmte, konnten sie hier überhaupt nichts anfangen. Es war für die Dorfbewohner eine andere Welt.

So blieb sie eine absolute Außenseiterin und wäre daran wohl damals schon gescheitert, wenn sie sich nicht so sehr auf ihr erstes Kind gefreut hätte.

Das war ihr Strohhalm an den sie sich klammerte und daran, dass sie irgendwann eine eigene Wohnung haben würden und ein anderes Leben dann möglich sein würde, vielleicht sogar in Wien.

Sie verbrachte damals schon ihre freie Zeit mit dem Lesen von Büchern, die sie mitgebracht hatte und auch von ihrer Schwester Herma geschickt bekam.

Das hielt sie intellektuell fit und stärkte ihr Selbstbewusstsein in dieser kulturell öden Umgebung.

In den letzten Wochen ihrer Schwangerschaft brachten ihr die

Schwestern meines Vater aus Köln Babysachen und eine Wiege, sodass nun das Kind, also ich, kommen konnte.

Am 28. September 1946 war es dann so weit.

Im Krankenhaus im Nachbarort Selters wurde ich geboren. Alles verlief ohne Komplikationen und die Freude über den Erstgeborenen war sehr groß.

Ich hatte dunkle lange Haare, die in alle Richtungen standen, sodass der Arzt folgenden Kommentar los ließ:„Liebe Frau, dieser Junge wird ein echter Raubritter werden."

(Quod erat demonstrandum!)

Mein Vater war sehr stolz darauf einen Stammhalter bekommen zu haben.

Bei der Namensfindung war für ihn klar, dass sein Name „Herbert" auch mein Name sein sollte. Meine Mutter war darüber alles andere als erfreut.

Sie konnte sich dann durchsetzen, sodass ich einen zweiten Vornamen mit Wiener Prägung bekam: Wiegand. In Wien sagte man: „Wiegerl". Na ja, Hauptsache gesund!

Meine Mutter war sehr glücklich mit mir.

Es gab nun eine Perspektive für ihr Leben und es bekam durch mich einen Sinn.

Wenn auch das damalige tägliche Leben sehr karg war. Es gab keine Windeln und keine Babynahrung.

Ich wurde in alte Zeitungen gewickelt und die Milch meiner Mutter bekam mir wohl gut.

Im Haus war der Kontakt zu der Familie nicht besser geworden.

Meine Mutter bekam deutlich zu spüren, dass im Haus kein Platz für eine weitere Familie war. Was auch sicher der Situation entsprach, aber die Sache nicht besser machte.

Als sich dann das zweite Kind nach drei Jahren ankündigte, da bekam sie Panik.

Wohin mit einem zweiten Kind, wenn man auf einem Zimmer wohnt?

Wohnraum war auch jetzt noch äußerst knapp und der Neubau von Wohnungen war auf dem Land noch sehr selten. Den Menschen fehlte das Geld hierzu und die Banken hielten sich mit Krediten sehr zurück.

Mein Vater machte sich darüber, laut meiner Mutter, wenig Gedanken. Er vertraute auf den Faktor Zufall und sie hatten wieder großes Glück.

Seine Schwester aus Köln, die bis dato mit ihrem Kind auch im Dorf wohnte, ging zurück nach Köln.

Diese Wohnung konnten sie mieten, auch wenn sie sehr klein war. Damit war wieder eine hoffnungsvolle Perspektive für die kleine Familie vorhanden.

Beide freuten sich auf das zweite Kind, auch wenn die finanziellen Verhältnisse sehr dürftig waren.

Aber sie hatten ihre Liebe und waren zufrieden mit dem was sie hatten.

6. Kapitel

Kinder geben dem Leben einen Sinn.

Mein Vater hatte die neue Wohnung etwas renoviert und wohnlicher hergerichtet.

Die Küche war in einer Speichermansarde untergebracht und bestand aus einem Herd, der wie damals üblich, mit Holz und Briketts gefeuert wurde.

In dem kleinen Zimmer stand noch ein kleiner Küchentisch mit drei Stühlen und es hatte ein kleines Dachfenster.

Daneben war ein kleines Wohnzimmer ungefähr drei mal drei Meter, gerade mal Platz für ein kleines Sofa, einen Tisch und ein Sideboard.

Das sehr geräumige Schlafzimmer konnte man nur über den Flur erreichen.

Meine Eltern hatten sich bei einem Möbelhändler im Nachbarort ein neues Schlafzimmer aus massivem Holz auf Kredit gekauft.

Der große Schlafzimmerschrank trennte den Raum in zwei Hälften. In der einen Hälfte war das Doppelbett der Eltern und in der zweiten Hälfte standen dann die Kinderbetten.

Die Toilette war draußen und nur über den Hof erreichbar.Ein Plumpsklo der im Winter nur für hartgesottene benutzbar war.

Für eine eher zarte Wienerin eine Zumutung.

Gegenüber dem Schlafzimmer ging es über den Flur auf den Speicher. Hier hatten wir einen Toiletteneimer stehen, der jeden Tag geleert werden musste.

Also alles andere als komfortabel. Aber die Familie hatte nun Platz für ihre Kinder.

Es waren sehr schöne Jahre mit meinen Eltern und als dann nach drei Jahren die kleine Herma auf die Welt kam, war die Freude groß. Jetzt waren ein Stammhalter da und ein süßes kleines Mädchen.

Meine Mutter war glücklich und widmete sich ihren Kindern. Die triste und ländliche Umgebung waren jetzt nicht mehr so spürbar.

Mit den Dorfbewohnern konnte sie keine echte Verbindung aufbauen. Dafür waren die kulturellen und mentalen Unterschiede zu groß. Es war eine andere Welt, die für sie nicht nachvollziehbar war und zu der sie keinerlei Bezug entwickeln konnte.

Eine damals noch einfache, bäuerliche Struktur, die Fremden gegenüber nicht aufgeschlossen war. Nur die größeren Bauern hatten in dieser Struktur ihren Platz.

Es gab für sie nur den spärlichen Kontakt nach Wien.

Da es kein Telefon gab, korrespondierte meine Mutter mit ihrer Schwester in Wien und der Mizzi- Tante brieflich.

Immer an Weihnachten kam dann von dort ein Paket mit Wiener Geschenken.

Die Manner-Schnitten waren besonders beliebt, aber auch besondere Spielsachen wie wir sie im Westerwald damals nicht bekamen.

Ich erinnere mich daran, dass in einem Paket für mich eine kurze Lederhose, ein Trachtenjanker und ein Tiroler Hut war.

Mit dieser Kleidung war ich im Westerwalddorf ein Außenseiter und fand Interesse.

Mein Wiener Dialekt, den ich von meiner Mutter gelernt hatte, war eine zusätzliche Attraktion für die Dorfbewohner.

Ich hatte mich jedoch sehr gut eingewöhnt in die dörfliche Gemeinschaft und fand auch dort Akzeptanz.

Als dann nach weiteren drei Jahren sich wieder Nachwuchs ankündigte und die liebe Hanna zur Welt kam, da sollte das laut meiner Mutter das Ende der Familienentwicklung sein. Schließlich mussten ja alle von einem sehr schmalen Einkommen ernährt werden.

Wir hatten dabei den Vorteil einen Garten beim Haus bewirtschaften zu können, in dem wir Kartoffeln, Gemüse und Salat ernten konnten und damit fast Selbstversorger waren.

Die Gartenarbeit hatte mein Vater übernommen und als ich in die Volksschule kam, half ich ihm schon etwas dabei. (Anmerkung: In meinem Ruhestand habe ich diese Kenntnisse als Hobbygärtner gerne wieder umgesetzt.)

Das Brennholz für unseren Herd und den Ofen wurde vom Vater mühevoll im Wald gemacht und mit einem kleinen Leiterwagen, der gezogen werden musste, nach Hause gefahren.

Eine schweißtreibende Arbeit, die mir als Junge jedoch Freude bereitete.

Beim Holzmachen konnten wir oft Rehe beobachten und manchmal stießen wir dabei sogar auf Wildschweine. Das war dann für mich Abenteuer pur.

So konnten wir uns mehr schlecht als recht durchschlagen.

Ich hatte ein paar Schuhe, zwei Hosen und eine Jacke. Mehr war finanziell nicht möglich.

Der Lohn wurde wöchentlich ausgezahlt und war in der damals üblichen Lohntüte, die mein Vater freitags nach Hause brachte.

Mit dem Inhalt wurden im örtlichen Kolonialwarenladen erstmal die Schulden beglichen und spätestens ab Mittwoch wurde dort wieder angeschrieben.

Das Geld reichte einfach nicht und wir konnten uns, außer für die Ernährung und dürftige Kleidung, nichts leisten.

Aber wir wussten uns zu helfen. Not macht bekanntlich erfinderisch.

Mein erstes Fahrrad baute mein Vater aus alten Fahrrädern, die er von Bekannten bekam, zusammen, sodass ich am Sonntag damit zum Gottesdienst in die Kirche im Nachbarort fahren konnte. Als Messdiener musste ich zweimal in der Woche dort hin.

Manchmal bekam ich 50 Pfennig und durfte den Nachmittagsfilm im Kino schauen. „Fuzzi der Banditenschreck" oder „Tarzan", das waren schon für uns damals Highlights.

Die ersten zarten Küsse mit den Mädchen wurden hier im Kino ausgetauscht. Die älteren Jungs waren schon in Sachen Petting beschäftigt und manchmal konnte man auch ein zartes Stöhnen der Mädchen hören.

Als Familie mit drei Kindern hatten wir einen finanziellen Bedarf, der vom spärlichen Einkommen meines Vaters nicht mehr gedeckt werden konnte.

Es wurde von daher immer schwieriger und wir steuerten in eine ungewisse, schwierige Zukunft.

Während andere Arbeiter Arbeitsplätze in der Keramikindustrie gefunden hatten, wo sie Akkordarbeit verrichten konnten und damit ca. 30% mehr als im Stundenlohn verdienten, blieb mein Vater Lagerarbeiter. Dort hatte er nette Kolleginnen und Kollegen und alles war sehr vertraut.

Meine Mutter wollte und konnte sich damit nicht abfinden.

Sie drängte immer energischer meinen Vater und forderte ihn auf, dem Beispiel anderer zu folgen und besser bezahlte Arbeit zu suchen.

Erst nach sehr energischer Aufforderung der Mutter, wechselte er in eine Keramikfabrik, wo er in der Spritzerei die Zierkeramik dekorierte und dank seines Fleißes und seinem Können, deutlich mehr verdiente.

Mit diesem Einkommen konnten wir dann endlich einigermaßen leben, ohne uns weiter verschulden zu müssen.

Wir Kinder hatten trotz der kargen Verhältnisse eine sehr schöne und unbeschwerte Kindheit.

An den Sonntagen machte die gesamte Familie ausgedehnte Wanderungen in die nähere Umgebung.

Im Rucksack hatten wir genügend Proviant, so dass wir den ganzen Tag unterwegs sein konnten.

Manchmal machten wir ein Lagerfeuer an, über dem die mitgebrachte Suppe gewärmt oder eine Wurst gegrillt wurde.

An besonderen Tagen hatten wir Wiener Schnitzel und, wie ich mich noch erinnere, einen köstlichen Kartoffelsalat, eine Spezialität meines Vaters, der hervorragend kochen konnte, dabei.

Auf einer ausgebreiteten Decke saßen wir dann alle im Gras und genossen den Tag in der Natur. So etwas prägt sich ein.

Das waren wunderschöne Momente, die wir als Familie erleben durften und machte uns alle glücklich.

Unsere Mutter legte großen Wert darauf, dass wir uns auch in der Schule gut weiter entwickelten und die täglichen Hausaufgaben mussten unmittelbar nach dem Mittagsessen, das meist aus Grieß- oder Reisbrei bestand, erledigt werden.

Das war ein täglicher Kampf, den sie mit mir führen musste, weil mich draußen vor dem Haus schon meine Spielkameraden riefen.

Einmal war ich so wütend, dass ich einen Hocker vor lauter Zorn aus dem geöffneten Fenster warf.

Es gab eine Woche Hausarrest und die Strafe des Vaters wurde von meiner Mutter angekündigt. Die blieb, wie so oft aus, da mein Vater sehr gütig war und dem lieben Jungen keine Schläge mit dem Stock, was damals üblich war, verabreichen wollte.

Wir Kinder im Dorf verbrachten jeden Nachmittag, auch im Winter, draußen. Im nahen Wald bauten wir kleine Häuschen aus Holz in den Bäumen.

Meist wurde „Räuber und Gendarm" gespielt mit wilden Verfolgungsjagden.

Als wir Jungs größer waren, zog es uns an den Bach im Wiesental.

Dort, in einer Stauwehr, lernten wir uns alle selbst schwimmen. Von wegen Schwimmkurse im Hallenbad wie es heute üblich ist.

Damals war der Bach voller Fische, die wir mit der Hand fingen, indem wir sie in die Uferhöhlen drückten, packten und ans Ufer warfen. Es waren große Forellen dabei, die am Abend daheim zubereitet wurden.

In diesem sauberen Bach gab es außerdem eine große Vielzahl Krebse, die auch am heimischen Herd gegart wurden.

Wenn im Winter der Bach zugefroren war, spielten wir eine Art Eishockey mit selbst gebastelten Schlägern und kamen kurz vor Dunkelheit, halb erfroren nach Hause und verkrochen uns hinter den warmen Küchenherd.

Im Sommer spielten wir oft Fußball auf einer gemähten Wiese und da die Zahl der Jungs in diesem kleinen Dorf sehr überschaubar war, wurden die Mädchen in die Mannschaft integriert. Meine Schwester Herma musste meistens das Tor hüten.

Uns Kinder wurde es dabei nie langweilig.

Im Einklang mit Wald und Feld lernten wir die Fauna und Flora sowie alle heimischen

Tiere aus nächster Nähe kennen. Wir kannten die Stimmen der Vögel, konnten ihnen nachmachen, sahen Füchse mit ihren Jungen, die vor dem Bau in der Sonne spielten sowie Feldhühner, die damals noch in der gesamten Gemarkung brüteten, und konnten die Fährten der Rehe nach verfolgen.

Im Mai flogen in den Abendstunden Maikäfer, die wir fingen und als Jux in geöffnete Schlafzimmerfenster warfen. Da kam Freude auf!

Die Volksschule, die es damals im Ort noch gab, war einzügig, d.h alle Schüler saßen in einem Raum und wurden von einem Lehrer unterrichtet. Für die heutige Gesellschaft unvorstellbar. Da hätte man schulischen Katastrophenalarm gegeben.

Eigentlich wären wir, nach den heutigen Vorstellungen, dazu verdammt gewesen Analphabeten zu werden.

Beispiele, auch meine spätere Entwicklung, bezeugen das Gegenteil.

Die unteren Klassen lernten von den oberen Klassen und ältere Schüler durften oder mussten die Klassen 1 und 2 unterrichten.

Mein damaliger Lehrer, der auch eine Gastwirtschaft und Bäckerei hatte, (die Brüder waren im Krieg gefallen) hatte mich, aufgrund meiner guten Noten auserkoren, diese Aufgabe zu übernehmen. Man hatte damit schon sehr früh Verantwortung zu übernehmen.

Sportunterricht war Fehlanzeige.

Außer in den Pausen, da wurde Völkerball gespielt.

Zu den jährlichen Sportfesten, die mehrere Schulen gemeinsam abhielten, ging man ohne Training und war dankbar und zufrieden, wenn die Ergebnisse nicht ganz daneben gingen.

Dafür hatten wir aber alle damals eine Freiheit, von der heutige Kinder nur träumen können. Ein Bildungsangebot und Informationsangebot, wie wir es heute kennen, gab es nicht.

Lediglich eine gut sortierte Schulbibliothek war vorhanden und wurde von mir sehr intensiv genutzt und waren mangels Fernsehen, Internet und Smartphone etc. die einzige Möglichkeit über die engen Grenzen des Bauerndorfes hinaus zu schauen.

Mittels des Gelesenen konnten wir uns einen Einblick in Kultur, Geschichte von fremden Ländern und Personen der Zeitgeschichte verschaffen.

Viele Bücher, vor allem in den langen Wintermonaten, habe ich wissbegierig verschlungen und konnte mit meiner Mutter, die ja Tochter eines Lehrers war, die Inhalte diskutieren.

Damals entstand schon meine Neugier für fremde Länder, der ich als Erwachsener intensiv nachgegangen bin.

Als ich dann in die Pubertät kam, wurden die Mädchen immer interessanter und nach den ersten Erfahrungen, führte mich ein Mädchen der letzten Klasse auf dem Heustadel des elterlichen Bauernhofes in die körperliche Liebe ein.

Das war eine völlig neue Welt in die wir damals eintauchten. Zum ersten Mal ein nacktes Mädchen bewundern und streicheln zu dürfen, das war ein bleibendes Erlebnis.

Mitten drin in dieser neuen Zeit mit Entdeckungen und Versuchungen, die uns Jungs in Richtung Mann entwickelten, kam die Ansage meines Lehrers das Internat des Aufbaugymnasiums im Maifeld zu besuchen.

Meine Eltern stimmten dem sofort zu. Es war auch der ausdrückliche Wunsch meines Opas in Wien, der mich in den Berufsstand der Lehrer befördern wollte.

Nach bestandener Aufnahmeprüfung, die damals noch obligatorisch war, gingen die sorglosen Tage im beschaulichen Westerwalddorf dann unweigerlich dem Ende entgegen.

Als mein Vater mich mit seinem Motorrad in das fünfzig Kilometer entfernte Münstermaifeld brachte und ich dort die tellerflache Landschaft betrachtete, da erfasste mich ein unendliches Heimweh, das ich all die Jahre im Internat nie ablegen konnte.

Eine völlig neue Welt war plötzlich um mich herum.

Nicht mehr die Freiheit, sondern die Enge und Zwänge des Internats, beherrschten plötzlich mein Leben.

Alles streng nach der Uhr und dem Reglement, bestimmte den Tagesablauf.

Schlafen in einem Schlafsaal mit zwanzig Mitschülern, die einem nachts die Bettdecke weg zogen und man nur schwer Ruhe fand.

Aufstehen zur gleichen Minute, antreten Klassenweise im Schulhof wo einem, wenn man Pech hatte, der Dackel des Direktors in die Waden biss, das waren Erfahrungen, die anfangs sehr schwer zu verdauen waren.

Neue Fächer, neue Lehrer und der Nachmittag im Klassenzimmer um die Schulaufgaben zu erledigen bei sogenanntem Silentium.

Am Wochenende, wenn andere Mitschüler zu ihren Familien fuhren, musste ich im Internat bleiben, weil das Geld für eine Bahnfahrt nach Hause fehlte.

Mein Heimweh und der Wunsch wenigstens einmal im Monat meine geliebte Familie zu sehen, wurde immer unerträglicher.

Ich schrieb deshalb verzweifelte Bettelbriefe an meine Eltern, von denen einer noch existiert, und bat dringend um Geld, aber wo nichts ist kann man nichts holen.

Während andere Schüler am Wochenende im Café saßen, verdiente ich mir Geld, indem ich im Herbst den Bauern des Maifeldes bei der Kartoffelernte half, um wenigstens ab und zu nach Hause fahren zu können.

In dieser, für mich schwierigen Zeit, vermisste ich vor allem meine geliebte Mutter, die mir ganz besonders fehlte.

Dabei kam mir zum ersten Mal in den Sinn wie groß wohl das Heimweh meiner Mutter gewesen war, als sie von der Stadt Wien in das Westerwalddorf gehen musste.

Allein diese Überlegung verursachte Trauer in mir und so konnte ich später auch meine

Mutter gut verstehen, als eine Welt bei ihr einstürzte.

Ich werde im nächsten Kapitel davon ausgiebig berichten und meiner Betroffenheit Ausdruck verleihen.

Aber nun zurück zum Internat und dem Gymnasium.

Bedingt durch das stetige Heimweh, waren meine Noten, ich möchte es mal so ausdrücken, verbesserungswürdig.

Neue Fächer, wie Latein, machten mir zu schaffen.

Im Fach Französisch gab es wenigstens eine absolut flotte Lehrerin, die damals schon recht kurze Röcke trug und damit meine Neugier entfachte.

Ich, der wilde Bursche, musste nun Geige lernen, anstatt draußen Fußball zu spielen. Ehrlich gesagt, ein Virtuose bin ich nie geworden.

Das Ergebnis dieser Schulzeit war trotz allem positiv und gab mir die Grundlage für meine, wie ich mit Stolz behaupten kann, erfolgreiche berufliche Entwicklung, die mich zur Führung von Unternehmen der Industrie als Geschäftsführer befähigte.

Darauf waren meine Eltern immer sehr stolz. Damit konnten sie einem ihrer Kinder das geben, was sie bedingt durch die Kriegsjahre und ihre späteren Nachwirkungen, selbst nicht erreichen konnten.

Meinen Enkeln versuche ich heute die Bedeutung einer guten Schulausbildung, auch an meinem Beispiel, deutlich zu machen.

Ich hoffe sehr, dass ich ihnen ein Beispiel sein kann.

Meine berufliche sowie persönliche Entwicklung werde ich am Ende etwas näher beleuchten und einen Ausblick auf mein Leben mit eigener Familie geben.

7. Kapitel

Die Zeit der Leiden und des Abschieds.

Wenn ich über dieses Kapitel schreibe, dann geht es in erster Linie um meine Mutter und ihre immer schwieriger werdende Situation.

Die schönen Jahre meiner Eltern waren geprägt von der großen Liebe, die zwischen dem Ehepaar vorhanden war und der Liebe zu ihren Kindern.

Dabei hatte meine Mutter die Hoffnung auf eine bessere wirtschaftliche Situation nicht aufgegeben, bei der ein anderes Leben mit einem höheren kulturellen und finanziellen Standard möglich sein würde.

Natürlich hatte sie als Vorbild ihr Leben in Wien im Haushalt eines Schulrats immer vor Augen.

Opernbesuche und das wöchentliche Schwimmen im Thermalbad oder ein Restaurantbesuch waren damals für sie Standard.

Mit der Badener Bahn, einer Kleinbahn, war man in kurzer Zeit mitten in Wien und konnte an der Oper aussteigen und einen Stadtbummel machen.

Wer einmal in Wien war, der weiß was diese wunderbare Stadt auch Heranwachsenden zu bieten hat.

Für jeden Wiener ist der Besuch in einem Caféhaus ein Stück Kultur und beflügelt die Lebensfreude.

Aber wie heißt es in einem Wienerlied "Wien lässt sich nicht erklären, Wien muss man erleben."

Das Angebot in dieser Richtung war damals im Westerwald zwar sehr dürftig, aber mit einem eigenen Auto hätte sie mal ihre Freundin aus Wienerzeiten in Frankfurt besuchen können und dort etwas Stadtluft schnuppern können.

Aber leider haben wir nie ein Auto besessen, auch dann nicht, als es für viele im Ort schon Normalität war.

Lange hatte sie gehofft, dass mein Vater, dem Beispiel eines Nachbarn folgend, einen Handel mit Keramikware beginnen würde.

Leider Fehlanzeige.

Die Tage in diesem kleinen Westerwalddorf wurden immer trister für sie. Früh morgens ging mein Vater aus dem Haus und kehrte meist am Abend spät von der Arbeit zurück. Er war dann müde und abgearbeitet, so dass keine unterhaltenden Abende mehr möglich waren.

An den Wochenenden wurde der Garten bestellt oder Holz im Wald gemacht, so dass nur der Sonntag blieb, der den Kindern gewidmet wurde.

Leider gab es im Ort auch keine adäquate Person, die sie als Gesprächspartnerin oder Freundin hätte gewinnen können. Sie war fast völlig isoliert und auf sich allein gestellt.

Die Bücher, die ihre Schwester Herma ihr aus Wien schickte, waren die einzige Quelle der Unterhaltung und Brücke in die Welt, die sie von früher kannte.

Sie wurde in dieser Zeit, trotz ihrer Kinder, immer einsamer und in sich gekehrt.

Sie war in dieser dörflichen Gesellschaft einsam. Es gab keinerlei Teilhabe nach draußen.

Mein Vater, der sie immer noch sehr liebte, hatte keine Sensibilität für die Anliegen meiner Mutter entwickelt.

Für den rechtschaffenen Westerwälder war die Welt so in Ordnung wie sie war und alles reichte, für seine Ansprüche, aus.

Alles war gut und es gab keinen Grund etwas zu ändern.

Ein gutes Essen an Sonntagen und das einfache Dorfleben mit Nachbarn und Verwandten waren für ihn ausreichend.

Seine Teilhabe und sein Miteinander fand er außerdem mit seinen Kollegen in dem Unternehmen, wo er seiner Arbeit nachging.

Meine Mutter, die immer noch trotz ihrer drei Kinder, eine hübsche und attraktive Frau war, hatte natürlich auch Verehrer.

So machte unser Hausarzt, ein gut aussehender Mann, keinen Hehl daraus, sie gerne für sich zu gewinnen und sie an sich binden zu wollen.

Das waren für meine Mutter sicherlich verlockende Aussichten und hätte ihr ein ganz anderes Leben ermöglicht.

Aber auch sie liebte noch meinen Vater und außerdem wäre sie durch eine mögliche Trennung in der damaligen Zeit noch mehr zur Außenseiterin geworden und hätte komplett im Abseits gestanden.

So war sie gefangen in ihrer Situation und es gab keinen erkennbaren Ausweg.

Ein Mensch, der sich in einer ausweglosen Lebenssituation befindet, verliert die Hoffnung und den Glauben an sich selbst.

Damals begannen ihre psychischen Probleme, die sich immer mehr verstärkten. Sie grübelte sehr viel und nahm immer weniger Anteil am Leben.

Verstärkt wurde diese Entwicklung noch durch die Wiener Mentalität: Himmelhoch jauchzend, zu Tode betrübt.

In den vielen Wiener Liedern kommt der Wein und das schöne Leben vor, aber auch immer der Tod."*Es wird noch aan Wein sein, wenn wir nimmer sein.*"

Selbst mir als Kind vielen die starken Veränderungen meiner geliebten Mutter auf, ohne dass ich damals eine Erklärung dafür finden konnte.

Alles wurde noch verstärkt durch das große Heimweh nach Wien und ihrer dortigen Familie. Eine Reise dorthin war schon aus finanziellen Gründen nicht möglich.

Ihrer Schwester Herma schrieb sie herzzerreisende Briefe aus der ihre ausweglose Situation hervorging.

Es waren sozusagen Schreie der Verzweiflung und Hilferufe einer Verzweifelten.

Ihre Schwester Herma und die Mizzi-Tante erkannten den Ernst der Situation und beschlossen uns im Westerwald zu besuchen.

Damals bedeutete dies eine Zugfahrt von zwölf Stunden von Wien Westbahnhof bis Koblenz.

Mit diesem überraschenden Besuch lernte ich auch meine Cousine Nora kennen.

Ein verwöhntes Mädchen, das auf uns etwas von oben herab schaute. So wurde sie, auch bei späteren Besuchen in Wien, nicht meine Freundin.

Meine Mutter war überglücklich und freute sich unendlich ihre Schwester und ihre Mizzi-Tante wieder bei sich zu haben.

Lebhaft und oft mit Tränen in den Augen sprachen sie über die wunderschönen Jahre in Wien und später in Baden.

In original Wienerisch: "*Heerst woar des a scheene Zeit, a glickliche Zeit!*"

Tante Herma konnte, nachdem sie die Lebenssituation ihrer Schwester gesehen hatte, nachvollziehen was in ihr vorging.

Während sie einen Mann an Ihrer Seite hatte, der ihr in Wien ein angenehmes Leben ermöglichte, musste ihre Schwester dieses fade Landleben ertragen.

Natürlich sah sie, dass mein Vater ein lieber und anständiger Mann war, der aber die Ansprüche einer Wienerin in keiner Weise erfüllen konnte.

Es war ein Dilemma und guter Rat war teuer, im wahrsten Sinne des Wortes.

Ein Zurück nach Wien war aufgrund der fehlenden finanziellen Basis nicht möglich. Eine Trennung hätte die Probleme noch verschärft und die Kinder in eine ausweglose Situation gebracht.

So mussten sie sich von meiner Mutter verabschieden ohne ihr eine Lösung ihrer Probleme anbieten zu können.

Mein Opa, der inzwischen zum Oberschulrat mit guten Einkommen aufgestiegen war, hatte wieder geheiratet und schied für eine fundamentale Hilfe aus.

Es kam wie es kommen musste.

Nach dem Besuch ihrer Schwester und der Mizzi-Tante, fiel meine Mutter in ein tiefes Loch der Verzweiflung und es entwickelte sich eine schwere Depression, die von Woche zu Woche immer schlimmer wurde.

Am Ende dieser schlimmen Entwicklung war sie nicht mehr fähig sich um den Haushalt zu kümmern und mein Vater war gezwungen, neben seiner Arbeit, immer mehr Aufgaben auch im Haus zu übernehmen.

Die Ärzte, die sie konsultierten, kamen schließlich zu dem Ergebnis, dass hier nur ein langer Aufenthalt in einer Nervenklinik helfen könne.

Welsch eine Tragik!

Wo sollten die Kinder hin und wer würde sich um sie kümmern? Wie sollte man es den Kindern beibringen?

Schließlich wurde einen Lösung im Kreis der Verwandten gefunden.

Ich wurde nach Frechen bei Köln zur Tante Leni und Onkel Heinz geschickt und meine kleinste Schwester Hanna kam nach Köln-Ehrenfeld zur Tante Lisbeth.

Herma blieb bei meinem Vater im Haus. Vor der Abreise nach Köln durfte ich mit meinem Vater noch mal meine Mutter in der Klinik besuchen.

Ich werde nie in meinem Leben ihren traurigen Gesichtsausdruck beim Abschied vergessen! Sie strich mir über den Kopf und sagte: "Bua du wirst mir fehlen. Sei recht lieb in Köln."

Dabei hatte sie Tränen in ihren Augen und wirkte total niedergeschlagen. Was für ein Drama für die gesamte Familie!

Köln und die Unternehmerfamilie meiner Tante waren für mich Landjungen eine gewaltige Umstellung.

Mein Onkel, ein waschechter Kölner, ließ auf den „Leeven Jong" wie er sagte nichts kommen und stand mir zur Seite.

In der Schule wurde es dann aber ernst. Die Jungen aus der Stadt zeigten mit deutlich wer das Sagen hatte und schikanierten mich wo es ging.

Es kam am Schulhof zu handfesten Auseinandersetzungen. Manchmal gingen mehrere Jungs gleichzeitig auf mich los und ich kam mit blutiger Nase aus der Schule.

Aber ein Westerwälder Junge mit Wiener Wurzeln, ließ sich nicht so leicht unterkriegen. Ich wehrte mich und bekam schließlich Anerkennung.

Bald hatte ich eine Clique um mich versammelt, die mich als ihren Anführer wählten.

Natürlich kamen dabei auch Dinge heraus, wie heimliches Rauchen, was bei einem knapp elfjährigen noch etwas früh war und die Ordnungsmacht der Lehrer auf den Plan rief. Alles in allem war es für mich, wie ich es später spürte, eine Zeit der frühen Persönlichkeits- bildung.

Mein Onkel, der eine Kohlenhandlung hatte, nahm mich hin und wieder mit zur Auslieferung der Ware an die Haushalte.

Dabei konnte ich sehen wie schwer das Geld verdient wurde und welche Mühen dahinter steckten. Außerdem war man beim Feierabend schwarz durch den Kohlenstaub.

Einmal durfte ich sogar, beim Stopp in der Stammkneipe meines Onkels, ein Kölsch probieren, aber nur schluckweise.

Mit meiner Cousine, die etwas arrogant war, wurde ich nicht wirklich warm. Sie ließ mich in Ruhe und gab mir in ihrem Elternhaus den Freiraum den ich brauchte.

So verflogen die Monate und manches Mal, wenn ich vor dem Einschlafen mein Abendgebet sprach, dachte ich an meine liebe Mutter und weinte mich vor Kummer in den Schlaf.

Ich wurde nun jede Woche mehr und mehr zu einem „Kölschen Jong" und veränderte mich dem entsprechend.

Mitten in dieser neuen Identität, die ich entwickelte, kam dann die Nachricht, dass ich bald wieder nach Hause in den Westerwald gehen dürfte.

Mein Onkel brachte mich dann mit seinem Auto zurück in meine Heimat und in meine Familie.

Es war ein Wiedersehen wie man es gar nicht beschreiben kann.

Alle wieder glücklich vereint.

Meine Mutter hatte ihre schwere Krankheit überwunden und machte auf uns einen frohen und glücklichen Eindruck.

Wir hatten uns alle viel zu erzählen und wollten die vergangene Zeit in der Fremde möglichst schnell vergessen.

Um das immer noch vorhandene Heimweh meiner Mutter zu mildern, hatten die behandelten Ärzte empfohlen, dass sie ihre alte Heimat Wien besuchen und dort ein paar Wochen bei ihren Verwandten verbringen sollte.

Als dann die Sommerferien begannen sind wir alle nach Wien gefahren. Das war, vor allem für uns Kinder, ein großes Abenteuer.

Am Abend stiegen wir in den Schnellzug in Koblenz, der uns ohne umzusteigen nach Wien-Westbahnhof brachte.

Während der Fahrt in der Nacht schliefen wir Kinder im Abteil und am Vormittag erreichten wir Wien.

Als wir aus dem Zug stiegen wurden wir von Tante Herma und Mizzi-Tante am Bahnsteig mit vielen Wiener Bussi begrüßt und ganz herzlich empfangen.

Als wir dann durch Wien fuhren, da rannen meiner Mutter die Tränen die Wangen herunter.

Sie konnte nur sehr schwer erfassen, dass sie nun nach nunmehr dreizehn Jahren wieder in ihrer geliebten Wiener Stadt war.

Wir fuhren die Ringstraße entlang und sahen die monumentalen Gebäude der Kaiserzeit.

Auch mein Vater der einige Monate als Soldat in Wien gewesen war, wurde ganz ruhig und andächtig.

Wir Kinder kamen aus dem Staunen nicht mehr raus. Hatten wir doch bis jetzt nur die Wälder des Westerwaldes kennengelernt!

In der Nähe der Wiener Hofburg parkte Tante Herma ihren großen Wagen und wir standen dann alle voller Andacht vor der Residenz der Habsburger.

Hoch über uns thronte das Reiterstandbild Erzherzog Karls und so allmählich wurde mir, als das älteste Kind klar, welcher Kulturschock meine Mutter im Westerwald erlitten haben musste.

Einfach unvorstellbar dieser Wechsel von dieser Metropole in ein Bauerndorf.

Wir fuhren nach diesem Aufenthalt in das fünfzehn Kilometer entfernte Städtchen Mödling, dem Wohnort der Mizzi-Tante.

Dort waren im Obergeschoß zwei kleine Zimmer für uns vorbereitet.

Um das Haus war ein gemütlicher Garten mit alten Bäumen, indem wir Kinder spielen durften. Schnell waren wir vertraut mit dieser neuen Umgebung und fühlten uns wie zu Hause.

Am zweiten Tag unseres Aufenthaltes nahm mich Onkel Fredy, den die Mizzi-Tante geheiratet hatte, mit in ein Heurigenlokal in der schönen Fußgängerzone.

Dort in dem Weinlokal spielte er Zitter und sang Wiener Lieder dazu.

Für mich als elfjähriger Junge waren das prägende Erlebnisse.

Diese weinende, raunzende, wie die Wiener sagen und oft melancholische Musik, blieb mir für immer im Gehör.

Wenn dann das Stück „*Mei Muatterl war a Wienerin*" erklang oder „*Im Prater blüh`n wieder die Bäume*" dann ging mir das Herz auf und es machte mich sehr froh.

Hier wurde die Grundlage für meine Liebe zur Wiener Musik gelegt.

Immer wenn ich diese Musik höre, denke ich automatisch an die schönen Tage dort in der Wiener Gegend.

Auch der typische Wienerdialekt mit Bussi, Bussi und Ba-Ba, blieben im Inneren bei mir haften und kann auch heute, viele Jahrzehnte später, zur Freude vieler Bekannter, von mir abgerufen werden.

Als ich dann im Kurpark der Stadt Baden, der ehemaligen Sommerresidenz der Kaiser von Österreich, meinen Opa kennenlernen durfte, da war ich tief von seiner Persönlichkeit und Ausstrahlung beeindruckt.

Er war zuletzt Oberschulrat und wurde für seine Tätigkeit im Stadtrat später mit dem Goldenen Ehrenring für seine besonderen Verdienste ausgezeichnet.

Ich kann mich noch gut daran erinnern, dass er mir damals ans Herz legte, seinem Weg zu folgen. Was mir ja in einigen Bereichen auch durchaus gelang.

Sein Engagement für die Gemeinschaft, auch im politischen Bereich, seine ausgeprägte Freiheitsliebe, sind Eigenschaften die ich von ihm geerbt habe.

Für diese Eigenschaften zerrten ihn die Nazis vor Gericht und er verlor vorübergehend seine Stelle als Schulleiter.

Danach musste er den frühen Tod seiner Frau verkraften. Es müssen sehr harte Jahre für ihn gewesen sein.

Erst sehr spät fand er eine andere Frau, die ein erwachsenes Kind in die Ehe mit brachte.

In Baden führte uns meine Mutter zu ihrem früheren Wohnhaus, einer Villa in der Nähe des wunderschönen Kurparkes.

Es war ein prachtvolles Haus, von dem sie früher jeden Tag durch den Kurpark zu ihrer Arbeitsstelle im schönen Baden bei Wien ging.

Hier wurde mir schon als Junge bewusst, welche Entbehrungen und welchen kulturellen Schock meine Mutter zu bewältigen hatte und das alles aus Liebe, die sehr groß gewesen sein musste.

Wir besuchten das im Wiener Lied besungene *„Wegerl im Helenental"* ein verwunschener Pfad der von Baden an den Fluss Schwechat führt.

Dort machten wir Picknick und badeten in der Schwechat. Für uns Kinder ein echtes Erlebnis.

Jahrzehnte später habe ich den Weg in diese grüne Talaue auch meiner Frau gezeigt, die diesen romantischen Weg ebenso lieb gewann.

Der herzliche Empfang, den unsere Verwandten uns bereitet hatten und die große Zuwendung die wir verspürten, führte uns in eine zweite Heimat, die ich persönlich lieben lernte und auch heute noch in meinem Herzen tief verwurzelt ist.

Die Tage in Wien und der Umgebung gingen dann leider langsam dem Ende entgegen.

Meine Mutter wurde jeden Tag etwas ruhiger und bedenklicher. Sie hatte sicherlich wieder das Leben im Westerwald vor Augen.

Es war dann auch ein Abschied mit vielen Tränen und auch neuen Überlegungen.

So schlug mein Großvater vor, dass ich in Mödling bei der Mizzi-Tante bleiben und dort das Gymnasium besuchen sollte.

Dieser wohlgemeinte Vorschlag fiel bei meinen Eltern nicht auf fruchtbaren Boden, so blieb alles wie es war.

Wer weiß wie mein Leben dort verlaufen wäre unter dem Einfluss meines Großvaters. Vielleicht würde ich heute im Stadtrat von Wien sitzen oder sogar Mitglied der Landesregierung sein.

Aber es ist auch so für mich erfolgreich gelaufen. Wien wäre aber eine ganz andere Bühne gewesen mit deutlich mehr Möglichkeiten.

Heute noch vermisse ich den Wiener Flair und den Wiener Schmäh, der es mir sehr angetan hatte.

Beim Abschied dann, flossen viele Tränen und zahlreiche Bussi wurden vergeben und ein langes Ba-Ba erklang.

Ab diesem Tag habe ich Abschiedsszenen auf Bahnhöfen regelrecht gehasst.

Auf der Rückfahrt von Wien in den Westerwald, drückte meine Mutter mich an sich und flüsterte mir zu:" Burli, jetzt weißt, was du versäumen wirst im Leben."

Immer wenn ich mich in späteren Jahren in Wien befand, dachte ich an diese Worte und wollte dann dort in möglichst kurzer Zeit das Versäumte aufholen.

Mein späterer Wiener Geschäftspartner Willi führte mich in die Wiener Gesellschaft ein und es enstanden viele wichtige Kontakte damals.

Dabei war die Bandbreite unserer Vergnügungen vom Szenencafé Hawelka, Barbesuche, über Wein trinken in den Heurigen bis zum obligatorischen Besuch der Wiener Staatsoper.

Damals entstand bei mir die Idee ganz nach Wien über zu siedeln. Meine liebe Frau hatte da aber ganz andere Vorstellungen.

Nachdem wir im Westerwald angekommen waren, begann für uns alle wieder der graue Alltag.

Unsere Wohnung wurde für uns alle immer enger und ungemütlicher.

Meine Mutter, die wieder neue Energie geschöpft hatte, drängte meinen Vater dazu den Bau eines Eigenheimes nun zu verwirklichen.

Sie kümmerte sich um die Finanzierung und sprach mit dem Bürgermeister über einen günstigen Bauplatz, den wir dann auch erhielten.

Mein Vater und seine Verwandten bauten das Haus fast in Eigenregie. Nur so war es möglich gewesen endlich ein Eigenheim für uns zu schaffen.

Als fünfzehnjähriger half ich meinem Vater in den Schulferien kräftig mit und habe später einige Gewerke in Eigenleistung erbracht.

Die Leistung, die mein Vater beim Hausbau vollbrachte, war bewundernswert und ging über seine Kräfte hinaus.

Von der Nachtschicht in der Keramikfabrik, ging es ohne Schlaf sofort auf die Baustelle.

Bandscheibenvorfälle und andere Krankheiten waren die Folge.

Wir alle waren in dem neuen Haus sehr glücklich.

Endlich hatten wir Kinder ein eigenes Zimmer und wir konnten den neu angelegten Garten zum Spielen nutzen.

Meine Mutter gebar, nachdem wir eingezogen waren, noch mal einen süßen Jungen, der den Namen Harald bekam. Wir alle freuten uns sehr über diesen ungeplanten Nachwuchs.

Leider wurde der Bruder nur knapp ein Jahr alt und starb an einer Gehirnhautentzündung.

Es begann eine traurige Zeit im neuen Haus.

Meine Mutter verfiel in eine Apathie, die sich nur sehr langsam auflöste.

Im selben Jahr wurde meine Mutter wieder schwanger. Sie hatte die Trauer über den

Verlust noch nicht verkraftet und war deshalb alles andere als erfreut.

Mehr noch, sie machte meinen Vater dafür verantwortlich, weil er sich nicht zurückgehalten hatte.

Die Antibabypille war damals erst ganz kurz am Markt und wurde von der katholischen Kirche vehement abgelehnt und in den Dörfern im Westerwald noch nicht bekannt.

So entstanden Streitigkeiten zwischen unseren Eltern, die auch uns Kindern nicht verborgen blieben.

Die große Liebe bekam die ersten kleinen Risse.

Ich habe auf Wunsch meines Vaters nach der Mittleren Reife das Internat verlassen und musste eine Lehre als Büromaschinenmechaniker antreten.

Ich war mit dieser Entscheidung nicht unzufrieden, da ein Durchmarsch zum Abitur mit anschließendem Studium mit unseren finanziellen Mitteln kaum möglich gewesen wäre.

Mir war aber schnell klar, dass dies eine Grundlage für meinen zukünftigen Weg sein würde, auf die ich aufbauen konnte.

Bei diesem Büromaschinenhändler arbeitete eine hübsche Angestellte, die 2 Jahre älter als ich war und die mich faszinierte. Es blieb bei einer einseitigen Verehrung meinerseits.

Aber es war ein erster Einstieg für meine Annäherung an das weibliche Geschlecht und sorgte bei mir für schlaflose Stunden.

Sie dagegen wird sich über diese jugendliche Zuneigung amüsiert haben.

Meine Mutter war jetzt schon knapp vierzig Jahre alt und machte sich Sorgen bezüglich den Risiken ihrer Schwangerschaft.

Die letzten Jahre musste sie über lange Zeiträume Antidepressiva und andere starke Medikamente einnehmen, die Auswirkungen auf das ungeborene Leben und auf die Geburt selbst haben könnten.

Die Vorhaltungen, die sie meinem Vater machte, wurden stärker und belasteten ihre bisher harmonische Ehe deutlich.

Die Schwangerschaft war, im Gegensatz zu früher, eine deutliche und große Belastung für meine Mutter.

Nervlich war sie wieder dort angekommen, wo sie sich vor der Wien-Reise befand.

Mein Vater und die ältere Schwester mussten immer mehr Aufgaben im Haus übernehmen.

Im Nachhinein betrachtet, hätte diese Schwangerschaft, schon aus gesundheitlichen Gründen, nicht mehr hätte sein dürfen.

Meine Mutter befand sich in einer bedauernswerten Situation und wir hatten Mitleid mit Ihr.

Eines Abends war es dann so weit, die Wehen begannen. Mein Vater war auf der Nachtschicht und ich musste von der Telefonzelle aus den Krankenwagen herbeirufen.

In der Nacht kamen dann die Kinder auf die Welt.

An Zwillinge hatte niemand gedacht!

Selbst der Arzt war überrascht als noch ein zweites Baby geboren wurde.

Die Vorsorgeuntersuchungen waren damals gleich null und man überlies alles dem Zufall.

Am nächsten Nachmittag besuchte ich dann meine Mutter im Krankenhaus.

Niemals werde ich vergessen wie hilflos und traurig sie mich anblickte als sie mir die Zwillinge neben ihrem Bett zeigte.

Normalerweise strahlen Mütter vor Freude wenn sie neben ihren Neugeborenen liegen.

Es gab bei diesen Kindern nicht wirklich einen Grund zur großer Freude.

Das Mädchen, das später den Namen Bärbel erhielt, hatte das Down-Syndrom und der Arzt gab ihr nur eine begrenzte Überlebenschance.

Der Junge zeigte diese Symptome nicht, war aber schwächlich und es mussten die nächsten Tage abgewartet werden.

Ich saß am Bett, hielt die Hand meiner Mutter, brachte aber vor Mitgefühl und Schmerz kein Wort heraus.

Es war für mich einer der bedrückendsten Situationen in meinem bisherigen Leben.

Vor allem die totale Hilflosigkeit, der ich ausgeliefert war, ohne Möglichkeit die Situation zu verbessern, erfasste mich.

So saßen wir noch eine sehr lange Zeit, bis dann mein Vater ins Zimmer kam.

Auch er war deutlich betroffen, konnte aber die Situation besser beherrschen, als ich mit meinen knapp siebzehn Jahren.

In den nächsten Tagen stellten die Ärzte bei meinem Bruder, der später den Namen Peter erhielt, eine deutliche Störung der Hirnfunktionen fest, die später zu einer eingeschränkten Alltagskompetenz und zu einem labilen sowie unkontrollierten Verhalten führen sollte.

Es war ein großes Drama für unsere Familie. Keiner wagte eine Prognose wie meine Mutter diese neue, schwere Herausforderung überstehen würde.

Wir mussten das Schlimmste befürchten.

Von allen Seiten bekamen wir Hilfe angeboten. Eine vermögende Familie aus unserer Kirchengemeinde gab meinem

Vater einen namhaften Geldbetrag um zumindest die finanziellen Probleme abzuwenden.

Ich habe damals mit unserem Schicksal sehr gehadert und immer wieder die Frage gestellt wie Gott so etwas zulassen konnte.

Warum diese große Heimsuchung? Womit hatten wir das verdient?

Gerade hatte sich die Familie im neuen Haus gefestigt und nun, nach dem Tod von Harald, dieser schwere Schicksalsschlag.

Ehrlich gesagt habe ich damals daran gezweifelt, dass es einen gütigen Gott gibt, den uns der Pfarrer immer verkündigt hatte.

Die schwere Geburt mit viel Blutverlust hatte meine Mutter sehr geschwächt, so dass sie länger im Krankenhaus bleiben musste.

Mein Vater war niedergeschlagen und völlig ratlos wie es zukünftig weitergehen sollte. Eine gesundheitlich angeschlagene Frau und zwei behinderte Kinder!

Ein Haus das noch nicht abbezahlt war und eine sechsköpfige Familie, die von einem schmalen Einkommen ernährt werden musste, alles andere als rosige Aussichten!

Als dann unsere Mutter aus dem Krankenhaus entlassen wurde und ein paar Tage zu Hause weilte, da wurden wir alle überrascht von ihrem Verhalten, dass wir so nicht erwartet hatten.

Es war wie ein kleines Wunder. Meine Mutter widmete sich ohne Wehe und Klagen den beiden Neugeborenen mit aller Kraft die ihr zur Verfügung stand.

Wir alle standen als Familie ganz eng zusammen, trotzten dem Schicksal.

Meine älteste Schwester packte im Haushalt mit an und unterstützte meine Mutter vorbildlich. Sogar die kleinste Schwester mit ihren knapp elf Jahren machte sich nützlich im Haus.

Es bestätigte sich eine Lebensweisheit, die ich einmal gelesen habe: „Durch Eintracht werden kleine Dinge groß."

Auch in späteren Jahren, als wir alle verheiratet und außer Haus waren, hielt die enge Familienbande.

Jeden Sonntag trafen wir uns im Elternhaus, gingen gemeinsam spazieren und saßen am Café-Tisch bei Wiener Sachertorte. Diese Zuwendung hat meiner Mutter über die schwere Zeit hinweg geholfen.

Die kleine Bärbel entwickelte sich kaum und war schwerstbehindert.

Sie erkannte weder ihre Mutter und konnte sich kaum bewegen. Sie verstarb mit zweiundzwanzig Jahren im Heim, ohne jemals ein Wort zu sprechen und am Leben teilhaben zu können.

Meine Eltern hatten entschlossen sie in ein Heim für Schwerstbehinderte zu geben, um genügend Zeit für die Förderung und Betreuung ihres Sohnes Peter zu haben.

Meine Mutter erreichte durch ihre intensive Betreuung, dass Peter lesen und ein wenig schreiben lernte.

Das war für den Jungen eine ganz wesentliche Hilfe für sein zukünftiges Leben, das durch seine eingeschränkte

Alltagskompetenz ohnehin sehr schwer werden würde.

Sie kämpfte für eine Einschulung in einer Sonderschule L und nicht wie vorgesehen in eine Sonderschule für geistig Behinderte.

Einfach eine bewundernswerte Leistung unserer Mutter, die sehr viel Zeit ihrem Sohn Peter widmete.

Diese besondere Zuwendung erforderte eine enorme Kraft die sie aufwenden musste und nahm sie voll in Anspruch.

Die Arbeit im Haus mussten andere übernehmen. Mein Vater, der sehr gut kochen und backen konnte, übernahm diese Arbeiten immer mehr und trug dadurch auch eine, neben seiner Arbeit in der Fabrik, doppelte Belastung.

Das ging nicht spurlos an ihm vorbei und sein gesundheitlicher Zustand wurde auch dadurch schlechter.

Neben seiner Diabetes kamen ein hoher Blutdruck und tablettenbedingt Magenprobleme hinzu. Trotz dieser Krankheiten stellte er jedoch das Rauchen nicht ein.

Es war einfach zu viel was beide in diesen Jahren verkraften mussten.

Womit hatten sie das verdient? Das Leben kann sehr ungerecht sein.

Peter arbeitete nach der Schulzeit in der Behindertenwerkstätte des Caritas-Verbandes und fand dort eine Aufgabe, die ihn erfüllte.

An den Wochenenden machte er zu Fuß größere Touren, teilweise bis zu zwanzig

Kilometer. Dadurch entstand ein unkalkulierbares Risiko, das die Eltern mit Sorge erfüllte.

Es kam dazu, dass er sich zunehmend den Anweisungen der Eltern widersetzte.

Als mein Vater wegen eines Krankenhausaufenthaltes nicht mehr auf ihn einwirken konnte, lief die Sache aus dem Ruder und es kam zu einer gewalttätigen Auseinandersetzung, bei der mein Vater von Peter im Zorn zu Boden gestoßen wurde.

Nun mussten wir handeln. Die Eltern waren mit der Betreuung überfordert.

Wir setzen uns alle zu einem Gespräch zusammen und kamen zu dem Ergebnis für Peter einen Heimplatz zu suchen.

Mein Vater war dagegen und wollte nicht wahrhaben, dass es dringenden Handlungsbedarf gab.

Sehr schnell hatte ich einen Platz in einem Caritaswohnheim gefunden, indem ein eigenes Zimmer für Peter bereitstand.

Nach anfänglichen Umstellungsproblemen, fühlte er sich dort geborgen und lebt dort zufrieden seit nunmehr fast dreißig Jahren.

Es war also eine sehr gute Entscheidung, die wir damals trafen.

Auch nach dem Tod der Eltern hat Peter nun ein festes Zuhause, indem er die Betreuung erhält um ein Leben mit Teilhabe führen zu können.

Mittlerweile hatte sich auch die gesundheitliche Situation meiner Eltern weiter verschlechtert.

Meine Mutter hatte zunehmend Probleme mit dem Herzen und konnte Belastungen, wie z.B. Treppensteigen kaum noch meistern.

Der Gau entstand dann durch den Schlaganfall meines Vaters, den er zwar überlebte, aber ein großes Handikap für ihn darstellte.

So konnte er keine Gartenarbeit mehr verrichten und saß zumeist untätig in seinem Sessel.

Meine Mutter musste nun zunehmend immer mehr Arbeiten erledigen, die der Vater zuvor übernommen hatte.

Wenn man nach Hause kam, spürte man ihre große Angst vor der Zukunft.

Sie waren völlig verunsichert und sie stritten oft über Kleinigkeiten.

Ich fragte mich dann immer: „Endet so ein gemeinsames Leben, dass mit so großer Liebe begonnen hat und viele Jahre erfüllend und wunderschön war?"

Wenn der helle Schein der großen Liebe erblasst und die Leidenschaft in der Mühle des Alters langsam zermahlen wird, dann wird die Partnerschaft zum Minenfeld des ehelichen Kleinkrieges.

Man musste nun aufpassen, dass man nicht in diesem Kleinkrieg zwischen die Fronten geriet. Jeder flüsterte Vorwürfe des anderen einem ins Ohr.Es war nun nicht immer angenehm bei den Eltern zu sein. Die Antwort wie es weitergehen sollte, wurde durch das Schicksal sehr bald gegeben.

Nach einem Darmdurchbruch kam mein Vater als Notfallpatient ins Krankenhaus.

Sonntags besuchte ich ihn und sah wie schlecht es ihm ging.

Ich war sehr erschrocken über seinen Zustand.

Ich saß an seinem Bett und fühlte wie er litt und wie wenig Lebenswille noch bei ihm vorhanden war.

Als ich in meinem Auto saß rannen mir die Tränen die Wangen herunter.

Am Dienstag der folgenden Woche ging um fünf Uhr in der Frühe mein Telefon in meiner Zweitwohnung, die ich am Firmensitz hatte. Meine Frau berichtete mit tränenerstickter Stimme, dass mein Vater vor zwei Stunden verstorben sei.

Ich war im Moment unfähig etwas zu sagen und saß noch lange Zeit am Bettrand und war unfähig irgendetwas zu tun.

Nun hatte ich keinen Vater mehr und werde ihn nie mehr sprechen können. Solche und viele andere Gedanken gingen mir durch den Kopf und eine große Traurigkeit erfasste mich.

Von der Beerdigung meines Vaters hatte ich am Anfang schon berichtet.

Meine Mutter musste nun ganz allein in unserem Elternhaus leben und sich um die täglichen Dinge kümmern, die ein Haus erfordert.

Sie war damit total überfordert und konnte die kleinsten Entscheidungen nicht mehr treffen.

Neben der Trauer, brachen jetzt die Belastungen der letzten Jahre voll aus und sie wurde immer unsicherer. Sie hatte keinen Lebensmut mehr und ihre Kraftreserven waren aufgebraucht.

Täglich, ja stündlich bombardierte sie meine Schwestern und auch meine Frau mit Hilfeanrufen. Zuletzt mussten sie wegen Kleinigkeiten zu ihr fahren um Dinge zu erledigen.

Schließlich wurde sie ins Krankenhaus eingeliefert und verbrachte dort eine längere Zeit.

Meine Schwestern hatten inzwischen einen Heimplatz im Altersheim gefunden, welches in schöner Lage in ihrem Wohnort, angesiedelt war.

Vom Krankenhaus übersiedelte sie dort hin und konnte einen Teil ihrer Möbel und vor allem ihre geliebten Bücher mitnehmen.

Beim ersten Besuch spürte ich, dass eine Last von ihr abgefallen war.

Für sie wurde dort sehr gut gesorgt und sie blühte zunehmend auf.

Sehr bald stellte sich jedoch heraus, dass ihr Herz immer schwächer wurde. Selbst kleine Steigungen konnte sie nicht mehr bewältigen.

Als sie dann bei einem kleinen Sparziergang in der Nähe des Altersheims umkippte und bewusstlos zusammenbrach, wurde es ernst.

Die Ärzte rieten zur möglichst schnellen Erneuerung der Herzklappe.

Einen OP-Termin bekam sie dann in der Uniklinik Gießen. Als ich sie zusammen mit meiner Frau am Vorabend der Operation dort besuchte und an ihrem Krankenbett saß, wirkte sie völlig ruhig und entspannt.

Auf meine Frage ob sie denn keine Angst vor dieser, nicht einfachen OP habe sagte sie:„ Wenn`s gut geht werde ich noch ein paar gute Jahre haben. Geht`s schief dann bin ich im Himmel bei Papa."

Wir waren perplex und erstaunt.

So eine innerliche Gefasstheit und ohne jegliche Todesangst, das war unglaublich.

Ich habe oft darüber nachgedacht und mir insgeheim gewünscht in einem solchen Fall die gleiche Kraft aufbringen zu können.

Gott sein Dank verlief die Operation ohne Komplikationen und meine Mutter fand zu ihrer alten Kraft und Lebensfreude zurück.

Wenn ich sie dann später freitags auf der Rückfahrt von meinem Unternehmen besuchte, dann wollte sie wissen wie es dort lief und gab mir sogar Ratschläge zu den menschlichen Problemen.

So hatten wir noch eine gute Zeit mit unserer Mutter.

Mit dem Geld, das ich vom Verkauf des Elternhauses erzielte, waren auch alle finanziellen Probleme gelöst.

Meine beiden Schwestern kümmerten sich vorbildlich um sie und besuchten sie mehrfach in der Woche.

Wir waren alle dankbar, dass sie einen solchen ausgefüllten und sorgenfreien Lebensabend haben durfte.

Anlässlich eines Besuches sprachen wir von alten Zeiten und von ihren Erinnerungen an ihre Jugendzeit in Wien.

Ansonsten lebte sie voll in der Gegenwart ohne Verklärung der guten alten Zeit wie das bei alten Menschen oft der Fall ist.

Sie, die nie eine Kirchgängerin war, glaubte ganz fest an Gott und das Weiterleben nach dem Tod.

Mir wurde das ein Beispiel und Konzept für mein eigenes Leben.

Auch dafür bin ich meinem lieben Wiener Mutter`l sehr dankbar. In der Art zu denken waren wir uns ohnehin sehr nahe.

So hatte sie noch ein paar schöne Jahre im Altersheim, bis dann auch ihr Leben zu Ende ging.

Für uns alle war das noch einmal ein tiefer Einschnitt in unsere Familie und alle trauerten sehr.

Für mich war ihr Tod besonders schwer zu ertragen, weil ich sie sehr geliebt habe.

Nach gebührendem Abstand setzte ich mich an einem Wochenende in mein Jagdhaus, welches einsam im Wald lag und zog eine Art Replik.

Mir ging es um die Beantwortung der Fragen:

Was haben mir meine Eltern für mein Leben mitgegeben?

Was bleibt übrig von dieser langen gemeinsamen Zeit?

Welche Dinge bleiben wichtig und können an die nächste Generation weitergegeben werden?

Dabei muss man immer daran denken, dass die Geburt ein Lotteriespiel ist.

Man weiß nie wo man ankommt!

Ich gebe zu, die Beantwortung fiel mir alles andere als leicht und ich bin nicht sicher, ob ich die richtigen Antworten gefunden habe.

Auf jeden Fall waren wir eine Familie in der alle liebevoll miteinander verbunden waren.

Bei Allem standen wir Kinder im Mittelpunkt. Wir Kinder wurden ernst genommen und man kann feststellen: Es war eine sehr liberale Erziehung die wir genossen haben.

Die Freiheitsliebe und der Sinn für Gerechtigkeit wurden mir, vor Allem von der Mutter, vermittelt.

Dies traf auch für die Liebe zum Schreiben und das Lesen von Literatur zu.

Die Liebe zu Wien, der Wiener Lebensart und Kultur pflanzte meine Mutter und zum Teil auch mein Großvater tief in mir ein.

Noch heute bin ich deshalb hin und her gerissen zwischen meinem Heimatland und der Wiener Kultur.

Auch das Interesse für fremde Länder und Abenteuer wurden damals bei mir geweckt.

Mein Vater war ein Vorbild für Fleiß und Genügsamkeit. Er ließ sich auch in schwierigen Zeiten nie unterkriegen und bewies großen Mut dabei.

Er gab mir die Liebe zur Natur und zur Heimat mit.

Vom Großvater wurde das Interesse für die Politik geweckt und er vererbte mir, so vermute ich, das Streben nach Höherem.

Ich bin sicher, dass ich sonst nie bis ganz nach oben gekommen wäre.

Aber im Ergebnis kann man feststellen: Alles baut auf einer Mischung aus Veranlagung (Gene), Erziehung und eigenem Streben auf. Eine große Portion Glück, Gottes Hilfe oder wie die Araber sagen Kismet, bestimmen dann den Lauf unseres Lebens.

Nach dieser Replik schaute ich höchst zufrieden in den ringsum mich umgebenden Wald und war mit mir und der Welt zufrieden.

Es ist jetzt Zeit, die Welt und die Geschichte meiner Eltern zu verlassen und mich meinem Weg mit eigener Familie intensiv zu widmen.

8. Kapitel

Lehrjahre sind keine Herrenjahre.

Mein Weg in die Berufswelt begann nach der Mittleren Reife und der Entscheidung meines Vaters, die er mir kurz und knapp so erklärte: „Mein Junge du hast nun eine gute Schulausbildung, aber nun ist die Zeit gekommen einen Beruf zu lernen. Eine Lehrstelle habe ich für dich bereits festgemacht."

Ich war völlig überrascht von dieser klaren Ansage meines Vaters und konnte nur noch kleinlaut fragen: " Was ist es denn für ein Beruf und wo ist die Lehrstelle?"

„Du wirst Mechaniker lernen und in zwei Wochen geht`s los", war die knappe Auskunft, die jegliche Diskussion erübrigte.

Für mich war es ein Schock.

In der heutigen Zeit könnte man sich eine solche Vorgehensweise überhaupt nicht mehr vorstellen.

Das Schrauben und werkeln war nicht meine wirkliche Passion. Mein Interesse lag in der Bücherwelt und dem theoretischen Durchdringen von neuen Erkenntnissen.

So begann ich mit sehr gemischten Gefühlen diese Lehre zu der ich nie eine besondere Beziehung entwickeln konnte.

Das Auseinanderbauen von Geräten und Maschinen funktionierte noch leidlich, aber zusammenbauen war dann schon schwieriger. Positiv war, dass ich nun eigenes Geld verdiente von dem ich einen kleinen Teil für Kinobesuche, ein eigenes altes Mofa etc. behalten durfte, der Rest wurde für den Erhalt der Familie gebraucht.

Schließlich ging auch diese Zeit vorüber und ich war froh nun meinen eigenen Weg gehen zu können.

Dazu hatte ich klare Vorstellungen entwickelt.

Zunächst suchte ich mir eine neue Stelle wo ich so viel Geld verdienen konnte, um mit dem Ersparten dann eine höhere Ausbildung, sprich Studium, beginnen zu können.

Nach einer kurzen Ausbildung legte ich die E- Schweißer Prüfung ab und bekam einen Job als Schweißer für Kellertanks, die im jeweiligen Haus zur Lagerung von Heizöl zusammen gebaut wurden.

Es war eine sehr schwere Arbeit, die einen bis an die Leistungsgrenze beanspruchte.

Die Arbeit wurde als Akkordarbeit entlohnt d.h. für jeden hergestellten Tank gab es, abhängig von der Größe, einen ziemlichen Batzen Geld, sodass wir bestrebt waren, täglich einen solchen fertigzustellen.

Der Tag begann um 6 Uhr mit dem Laden der Bleche, Fahrt zur Baustelle, die bis zu 100 km entfernt sein konnte, transportieren per Muskelkraft der schweren Stahlbleche in den Kellerraum und dann begann der mühsame Zusammenbau und das Verschweißen der Bleche.

Oft fehlte eine Möglichkeit zum Absaugen der Schweißdämpfe, sodass unsere Lungen sehr viel verkraften mussten. Erst am frühen Abend konnten wir dann die Heimfahrt antreten.

So ging es jeden Tag.

Nach drei Jahren lernte ich meine liebe Frau kennen und als sie mich zum ersten Mal auf einer Baustelle besuchte, übrigens um den Hochzeitstermin abzustimmen, war sie entsetzt von dieser ungesunden Knochenarbeit und sie bat mich diese Arbeit nach unserer Hochzeit aufzugeben.

"Denke an deine Gesundheit„, gab sie zu bedenken. Damals hatte ich Atemwegsprobleme, die von den Schweißdämpfen herrührten und die problematisch werden konnten.

Ein Facharzt bescheinigte daraufhin eine Berufsunfähigkeit und die Berufsgenossenschaft bot mir eine Umschulung zum Techniker für Arbeitsstudien (REFA-Techniker) an, die ich kurz nach unserer Hochzeit begann.

Damit bekam ich eine neue berufliche Perspektive für die Zukunft, die ich mit großem Ehrgeiz dann auch nutzte.

Leider war der Studienort weiter entfernt, sodass ich während der Woche dort übernachten musste und von meiner jungen Ehefrau getrennt war.

Diese Trennung war für uns dramatisch und hat viele Abschiedstränen gekostet. Damals gab es noch kein Mobiltelefon und nur meine Eltern hatten ein Festnetztelefon.

Eine Kommunikation in der Woche war von daher nur im Notfall möglich. Das ist für die heutige Generation undenkbar.

Mein Enkel Pablo, der gerade elf Jahre ist, ruft mich aus dem Urlaub an oder sendet Nachrichten mit Bilder!

Es war mental damals für uns eine sehr entbehrungsreiche Zeit.

Aber unsere Liebe war so groß und tief, sodass wir auch diese Zeit gut überstanden haben.

Nach der ersten Arbeitsstelle in der Arbeitsplanung und Zeitwirtschaft in einem mittelständigen Unternehmen, war für mich klar, dass ich den eingeschlagenen Weg weitergehen musste.

In relativ kurzer Zeit absolvierte ich den Studiengang Industrial Engineering und studierte nebenher noch Betriebswirtschaft.

Nach den jeweiligen Abschlüssen ging mein Weg in der Industrie ziemlich schnell nach oben in die Führungsebene.

Zunächst als Abteilungsleiter, später mit Prokura und als Geschäftsführer in diversen mittelständischen Unternehmen. Verantwortung und Führungsaufgaben zu übernehmen reizten mich von Anfang an und brachte die berufliche Erfüllung, die ich gesucht hatte.

Dabei war die Expansion im Export einer meiner ausgesuchten Tätigkeiten.

Es begann zunächst in China, wo ich fast fünf Jahre, immer mit Abständen, erfolgreich tätig war. Dann kam der Nahe Osten dazu und später Nord- und vor allem Südamerika.

Es waren unglaublich interessante Jahre für mich.

Andere Kulturen und Menschen kennenzulernen war sehr reizvoll und erweiterte meinen Horizont.

Natürlich war diese Reisetätigkeit auch mit Gefahren verbunden und wenn ich zum

Beispiel an Sao Paulo zurück denke, lebensgefährlich für einen Geschäftsmann.

Mit Schaudern denke ich an Szenen, die ich in dieser Stadt erlebte, wo am hellen Tag Menschen mit durchschnittener Kehle an einer Verkehrsampel lagen oder die Türe unseres Taxis aufgerissen wurde und mir meine Uhr mit Gewalt vom Arm gerissen wurde.

Die dortigen Unternehmensführer bewegten sich deshalb fast ausschließlich mit Helikoptern, die auf den Dächern der Bürogebäude landeten.

In Moskau wo ich auch tätig war, lauerten ganz andere, von den dortigen Machthabern ausgehende Gefahren.

Es war vor der Zeit der Ära Putin, als mir meine Gesprächspartner deutlich machten, dass ich mit meinem Projekt gegen die Interessen von Oligarchen handele und deshalb mich in Lebensgefahr befinden würde.

"Bitte fliegen Sie direkt zurück nach Deutschland, denn Sie sind akut gefährdet ‚war die klare Ansage aus dem Ministerium.

Partner einer in Moskau befindlichen Firma bestätigten, dass immer wieder Manager für immer verschwinden.

Natürlich habe ich die Warnung dann befolgt, Jahre später konnten wir dann doch unser Projekt verwirklichen.

Neben diesen negativen Erlebnissen gab es jedoch auch wunderschöne und prägende Erlebnisse.

So wurden Argentinien und die Hauptstadt Buenos Aires, der Ort in den ich mich „verliebte".

Die halb spanisch und italienisch geprägte Kultur zog mich magisch an und der Tango Argentino ließ mich nie mehr los!

Wenn ich am Wochenende im Stadtteil La Bocca, in der Nähe des kleinen Hafens saß und bei vorzüglichem Rotwein die Tanzpaare beobachten konnte wenn sie auf der Straße den Tango Argentino tanzten, dann wäre ich am liebsten für immer dort geblieben.

Leider konnte ich mir aus familiären und beruflichen Gründen diesen Traum nicht erfüllen.

Aber es gab noch weitere interessante Erlebnisse in anderen Ländern.

So konnte ich in Texas die Lebensverhältnisse der dortigen, teilweise sehr reichen Farmer und Rancher, kennenlernen.

Sie trugen Krokodillederstiefel, die teurer waren als mein BMW zu Hause, aber den guten Rotwein aus Kalifornien tranken sie aus Pappbechern.

Die Esskultur beschränkte sich aus riesigen Steaks und die Keulen der Hirsche wurden im Rauch gegart. Das Fleisch war trocken und schmeckte im Wesentlichen nach Rauch.

Mein Kollege und ich beschlossen den Amis nun mal zu zeigen was unsere Küche zu bieten hatte.

Aus drei Hasen, die wir am nächsten Tag erlegten, kochten wir einen leckeren

Hasenpfeffer, machten Klöße und Rotkraut dazu, die wir aus unserer Heimat mitgebracht hatten.

Dazu wurde der Rotwein in Gläsern eingeschenkt und der Tisch entsprechend gedeckt.

Unsere texanischen Freunde kamen aus dem Staunen nicht mehr raus und waren von unserer deutschen Kochkunst hell begeistert.

Es gäbe noch viel mehr zu berichten von den Reisen in ferne Länder.

Allein die Sitten und Gebräuche, die ich in China kennenlernen durfte, würden viele Seiten füllen.

Ich bin sicher, dass es in China kein Tier, vom Wurm bis zum Affen, gibt das uns nicht als Essen angeboten wurde.

Mit einem chinesischen Schnaps habe ich auch das glücklicherweise gut überstanden.

9. Kapitel

Eine neue Familie entsteht.

Eine junge Generation erobert sich die Welt, sucht nach neuen Wegen und versucht das Erbe der Eltern umzusetzen.

Von meinem Leben habe ich schon umfangreich erzählt.

Nun darf ich auch etwas von dem Leben meiner lieben Frau erzählen.

Sie wuchs wohl behütet als Einzelkind im Haus ihrer Eltern auf, die altersmäßig ihre Großeltern hätten sein können.

Es waren sehr gütige Menschen und erzogen ihre Tochter auf einer konservativ-religiösen Basis.

Sonntags ging ihr Vater mit ihr in den nah gelegenen Wald spazieren, während die Mutter das Sonntagsessen kochte.

Alles hatte seine Ordnung und unbekannte Wege mit Überraschungen wurden tunlichst vermieden.

Bis eines Tages eine Mitschülerin zu ihr sagte: "Deine Eltern sind gar nicht deine richtige Eltern!"

Meine Frau war natürlich sehr überrascht und völlig unvorbereitet.

Zuhause haben dann ihre Eltern mit blasser Miene und sehr betroffen bestätigt, dass sie ein Adoptivkind sei und ihre Mutter aus Frankfurt stamme.

Damit war die Angelegenheit für sie erledigt, auch deshalb weil sie ihre Adoptiveltern sehr liebte und sehr behütet dort aufwuchs.

So hatte sie nie das Gefühl ein Kind „zweiter" Klasse zu sein und fühlte sich geliebt und gut aufgehoben in ihrer Familie.

Besonders zu ihrem Adoptivvater hatte sie ein enges Verhältnis und hat ihn später auch am Ende seines Lebens liebevoll versorgt und betreut.

Nach der Volksschule besuchte sie das Internat einer Klosterschule, ganz in ihrer Nähe.

Obwohl sie fast ihren Wohnort in der Ferne erblicken konnte, durfte sie auch an den Wochenenden nicht nach Hause, nur der Vater durfte sie besuchen.

So sollte wohl erzieherisch eine gewisse Selbstständigkeit erzielt werden.

In dieser Zeit dort gewann sie einige treue Freundinnen, zu denen noch heute reger Kontakt besteht.

Nach Abschluss der Schule wurde sie Erzieherin im hiesigen Kindergarten, eine Aufgabe die sie sehr liebte und ausfüllte.

Meine Frau hatte ein natürliches Talent mit Kindern um zu gehen. Sie gewann sehr schnell das Vertrauen der Kinder und war als Kindergärtnerin in ihrer Gemeinde sehr beliebt und anerkannt.

Später setzte sich das bei unseren Enkeln fort. Für sie war und ist ihre Oma an privilegierter Stelle und sie verbringen gerne ihre Zeit mit ihr.

Alle Enkel lieben ihre Großmutter sehr.

Nun viele Jahre später, als wir schon verheiratet und ihre Adoptiveltern verstorben waren, kam eine unerwartete Wendung in ihrer Familiengeschichte, die sehr spannend war.

Es erreichte sie ein Anruf vom Jugendamt der Stadt Frankfurt, indem ihr mitgeteilt wurde, dass sie Geschwister habe, die sie gerne kennenlernen möchten.

Sie willigte ein und erhielt einen Brief von einer Halbschwester, die im Odenwald eine Apotheke hat.

Von ihr erfuhr sie, dass noch eine weitere Schwester, zwei Halbschwestern und zwei Halbbrüder zur Familie gehören.

Nach einem ersten Treffen mit den Geschwistern, mit denen sie sich auf Anhieb gut verstand, kam dann Licht in die Familiengeschichte.

Ihre Mutter wurde im damaligen Sudetenland geboren und wuchs dort auf.

Nach Abschluss der Schulausbildung und einer Lehre wurde sie, wie damals im Krieg üblich, dienstverpflichtet.

Als dann die russische Armee sich näherte, ergriff sie die Flucht und schloss sich dabei einem Kommandanten eines Kriegsgefangenenlagers an.

Ihre Mutter blieb zurück und wollte das Haus nicht aufgeben.

Nach erfolgreicher Flucht lebte sie mit diesem ehemaligen Kommandanten in Frankfurt in sehr einfachen Verhältnissen, wie es direkt nach dem Krieg allgemein üblich war.

Arbeit gab es so gut wie keine und beide lebten von Gelegenheitsarbeiten. Es war ein sehr karges Leben mit vielen Entbehrungen.

Von ihm, dem Kommandanten, der ihr die Ehe versprach, bekam sie ihr erstes Kind und ein Jahr später das zweite Kind, meine heutige Frau.

Inzwischen hatte der Vater ihrer Kinder ihr gestanden, dass er verheiratet sei, aber seine Frau in den Kriegswirren verloren habe.

Nun aber habe er sie wiedergefunden und kurz darauf verschwand er auf nimmer wiedersehn.

Ein Kriegsschicksal wie es damals häufig vorkam.

Ihre Mutter war wirtschaftlich nicht in der Lage, ohne jegliche Unterstützung für zwei

Kinder zu sorgen. Mit schwerem Herzen trennte sie sich von dem neugeborenen Mädchen und gab es zur Adoption frei.

Diese Adoption hütete sie wie ein Geheimnis, das später rein zufällig entdeckt wurde.

Sie hatte wohl große Gewissensbisse.

Jahre später lernte sie einen anderen, rechtschaffenen Mann kennen, der für sie sorgte und von dem sie die anderen Kinder bekam.

Durch diese wunderbare Wende entstand für meine Frau eine neue Familie, der sie sich inzwischen verbunden fühlt.

Leider konnte sie ihre leibliche Mutter nicht mehr kennenlernen. Sie war zwei Jahre zuvor verstorben. Aus den Erzählungen ihrer Geschwister konnte sie sich aber nach und nach ein Bild von ihr machen.

Auf den Bildern aus der damaligen Zeit ist eine große Ähnlichkeit zu erkennen.

Bei allem Neuen in ihrer Familiengeschichte hielt sie ihre Adoptiveltern in hohen Ehren.

Sie brachte aber auch großes Verständnis für die damalige Notsituation ihrer leiblichen Mutter auf.

Soviel zur Familiengeschichte meiner lieben Frau.

Nun wieder zu unserer Lebensgeschichte.

Nach unserer Heirat waren wir noch drei Jahre ohne Kinder.

In dieser Zeit habe ich mein Studium der Betriebswirtschaft und des Industrial

Engineers abgeschlossen und wir haben begonnen uns in der Welt umzusehen.

Bis dato kannte meine Frau nur den Westerwald und war maximal bis Düsseldorf zu ihren Verwandten gekommen.

Es waren tolle und aufregende Erfahrungen, die wir nun machen durften.

Wir fühlten uns zum ersten Mal in unserem Leben wirklich frei und genossen unsere Freiheit in vollen Zügen.

Neben tollen Wanderungen und Bergtouren in den Alpen, Urlaub am Meer und Eintauchen in fremde Kulturen, verbunden mit dem Durchqueren der Sahara, fanden wir Zeit für uns und unsere Liebe.

Diese gemeinsame Zeit hat uns eng verbunden und wir wussten, dass wir für immer zusammen gehören.

Eine Lebensphilosophie, die heute leider immer mehr verloren geht.

Alles wird nur noch auf Zeit geschlossen und bleibt unverbindlich.

Wie kann man in solchen Verbindungen den Halt finden, den ein jeder Mensch benötigt?

Dabei werden ganze Familien auseinander gerissen und die Kinder werden oftmals das Opfer der Trennung.

Meine Frau und ich spürten jedenfalls, dass wir gemeinsam viel erreichen könnten.

Dabei waren wir von Natur aus sehr unterschiedlich veranlagt.

Meine Frau hat ein ruhiges, ausgeglichenes Wesen und ist sehr bodenständig.

Risiken vermeidet sie und Sicherheit bedeutet ihr sehr viel.

Ich war eher das Gegenteil, suchte immer neue Herausforderungen und war zu neuen Zielen und manchmal auch Abenteuern unterwegs.

Ängstlichkeit und Zaudern sind mir völlig fremd und ich scheute auch keine Auseinandersetzung.

Aber die Mischung dieser Veranlagungen machte uns gemeinsam stark in unserem Lebensweg.

Nach diesen unbeschwerten Jahren entschlossen wir die Familie zu vergrößern.

Zuerst kam unsere Tochter Petra und dann drei Jahre später unser Nesthäkchen Katja zur Welt.

Sie wurden in erster Linie von ihrer Mutter erzogen, da ich beruflich mich stark nach vorne entwickelte und deshalb wenig Zeit dafür blieb.

Die Erziehung beruhte auf einer religiösen Grundordnung, die Werte vermittelte, aber auch liberal war.

Für mich war es sehr wichtig, die Kinder zu Europäern zu erziehen.

Ich folgte hierbei dem Rat meines Großvaters in Wien, der mir aus seiner Erfahrung heraus die Bedeutung, die ein geeintes Europa für den Frieden hat, näher gebracht hatte.

Sein Motto lautete: „Nur wer sich kennt, kann Vorurteile abbauen und Vertrauen gewinnen. Das gilt auch für unterschiedliche Nationen."

Wir haben auch deshalb mit den Kindern in den Sommerferien Urlaub in fast allen Ländern Westeuropas gemacht.

Von Spanien, nach Frankreich, Niederlande und Italien und später nach Dänemark und England führten uns diese Reisen, die unsere Kinder mit geprägt haben.

Sie gewöhnten sich schnell an andere Sprachen und lernten diese später spielend.

An den Urlaubsorten lernten sie Kinder vieler Nationen kennen, spielten mit ihnen im Sand und verloren die Scheu vor dem Fremden.

Das Ergebnis können wir heute betrachten und dürfen uns in den Ferien damit beschäftigen.

Die Enkelkinder hören auf die Namen Pablo, Diego und Alma Covadonga.

Dreimal darf man raten wo die Väter herkommen. Manchmal sage ich aus Spaß: „Mir kommt alles sehr spanisch vor!"

So wächst jetzt eine neue Generation heran, die eine andere Geschichte schreiben wird, nämlich die ihrige.

Wir hoffen und wünschen, dass wir noch eine Weile daran teilhaben und mitwirken dürfen.

Aber nun zurück in die Jahre unserer Geschichte und des gemeinsamen Weges.

Nachdem beide Kinder da waren, blieb meine Frau, die als Kindergärtnerin arbeitete, zuhause und widmete sich ausschließlich der Familie und der Erziehung unserer Kinder.

Nun könnte man sagen, das war damals so üblich.

Das ist sicherlich zu kurz gedacht.

Richtig ist, dass wir unsere Kinder in den Mittelpunkt unserer Familie gestellt haben und ihnen die bestmögliche Zuwendung, Liebe und Unterstützung gewähren wollten.

Natürlich benötigt man dafür die notwendigen finanziellen Ressourcen und dies gepaart mit der Bereitschaft seine eigenen Bedürfnisse zurückzustecken.

Auch diese Einstellung zur Familie ist unserer heutigen Gesellschaft immer fremder geworden. Stattdessen ruft man gerne nach dem Staat der es richten soll.

Eine Entwicklung, die eine Familie nicht mehr wirklich in den gesellschaftlichen Mittelpunkt stellt.

Stattdessen macht sich bei vielen Zeitgenossen ein Egoismus und

Materialismus breit, dem alles andere untergeordnet wird.

Wir jedenfalls haben damals unsere Bedürfnisse, wie z. B. große Reisen in ferne Länder zurückgestellt.

Zwischen meiner Frau und mir bestand die Vereinbarung, dass wir, jeder an seiner Stelle, für die Familie sorgen sollte.

Es war eine Aufgabenteilung, die der Familie diente und uns als Eltern glücklich machte.

Während ich beruflich aufstieg bis zum Geschäftsführer eines Industrieunternehmens, blieb meine Frau mehr im Hintergrund und stellte zunächst ihre beruflichen Wünsche zurück.

(Anmerkung: Umgekehrt geht es auch, nur nicht so perfekt.)

Diese Aufgabenteilung funktionierte hervorragend und die beiden Mädchen entwickelten sich zu prachtvollen, charaktervollen Menschen, die damit in die Lage versetzt wurden, später ihren eigenen Weg zu gehen.

Dieser Weg führte zu einer qualifizierten Ausbildung, teilweise mit Studienaufenthalten im Ausland und auch dazu, dass der europäische Gedanke von ihnen verwirklicht wurde.

So lebt die jüngste Tochter heute in Madrid und erwartet von ihren spanischen Ehemann nun das zweite Kind.

Bei unseren Aufenthalten in Madrid konnten wir noch tiefer in die spanische Kultur und Lebensart eintauchen, als dies bei unseren früheren Urlauben in Spanien möglich war.

Gerne haben wir etwas von der Lebensqualität der Madrilenen angenommen, machen Siesta, sitzen im Straßenrestaurant, essen unsere Lieblingstapas und trinken einen roten Reserva.

Auch ein Abend mit Flamenco gehört zu diesem Leben, das wir dort genießen.

Man könnte jetzt auch sagen, das sind die Früchte unserer Erziehung.

Nachteil ist, dass wir von ihnen 2 Flugstunden getrennt leben.

Ausgleich finden wir bei der ältesten Tochter, die 20 Kilometer entfernt wohnt und deren Kinder, wie bereits erwähnt, auf Pablo und Diego hören.

„España Olé"

10. Kapitel

Auf zu neuen Ufern!

Unsere Zeit kam später, als die Kinder so langsam begannen ihre eigenen Wege zu gehen.

Meine Frau und ich rückten wieder näher zusammen und vertieften unsere Beziehung. Wir fanden uns beide wieder attraktiver und anziehender.

Es war wieder eine andere, äußerst interessante Zeit.

Reisen in alle Teile der Welt, teilweise mit Abenteuern verbunden, standen nun im Mittelpunkt.

In Tunesien begannen wir mit einer Reise, die teilweise abenteuerlich war und tief in die arabische Welt eintauchte.

Wir zogen mit einer Kamelkarawane ein gutes Stück durch die Sahara.

Eingehüllt in lange Gewänder und am Kopf einen Turban, lernten wir die Stille und Schönheit der Wüste kennen und manchmal auch fürchten, wenn ein Skorpion uns zu nahe kam oder eine Sandviper uns bedrohte.

Übrigens bekam ich damals für meine attraktive Frau von den Beduinen ein lukratives Angebot unterbreitet: 20 Kamele und einen kleinen Diamant.

Das war verlockend, aber ich wusste schon damals wie wertvoll meine Frau für mich war.

In späteren Jahren besuchten wir die Karibik mit all ihrer Schönheit, oder die Everglades in Florida mit Kontakt zu den Kaimanen, die in den Sümpfen unterwegs sind, aber auch eine Reise in die Südsee nach Bora Bora, Part of Paradies, wie es genannt wird, waren die Highlights der damaligen Reisen.

Die Südsee wird uns immer in Erinnerung bleiben.

Nach 24 Stunden Flugzeit, sahen wir dann die Atolle unter uns liegen.

Bora Bora ist ringsum von einem Riff umgeben und die Lagune hat verschiedene Farben. Es beginnt mit einem hellen Grün, das in Türkis übergeht und wird abgelöst von verschieden Blautönen bis zum Ringwall des Riffs.

Dieser Anblick verschlägt einem den Atem und man kommt aus dem Staunen nicht mehr heraus.

Als wir dann später im 28 Grad warmen Wasser der Lagune geschnorchelt und getaucht sind, da sahen wir tausende, bunte Fische in allen möglichen Größen. Handtellergroße Muscheln haften an den Korallen und aus den Höhlen im Riff schauten Moränen heraus.

Es war eine neue bezaubernde Welt für uns.

Hinter dem Riff sind wir mit Riffhaien geschwommen, die teilweise eine Länge von drei Metern hatten.

Das war schon Abenteuer pur.

Diese Tage unter den Palmen von Bora Bora, Tahiti und Moorea werden unvergesslich bleiben.

Auch die Insulaner haben wir in guter Erinnerung und sie bewundert wie unbeschwert sie leben.

Immer ein Lächeln auf den Lippen, die Frauen nur mit einem dünnen Tuch bekleidet, das am Hals zusammen gebunden wird.

Wenn sie in die Lagune zum Schwimmen gingen, wurde es mit einem Handgriff geöffnet und glitt zu Boden.

Ich habe so manche Schönheit vor Augen, wie sie graziös, anmutig und erotisch ins Wasser glitt.

Eines Morgens, als wir zu einer kleinen Inselrundfahrt mit einem Motorroller starteten, hatte sich meine hübsche blonde Frau auch ein solches Tuch (und nur dieses!) umgeschlungen, was Eindruck auf die Eingeborenen unterwegs machte.

Auf diesen Inseln der Südsee bekamen wir als Europäer einen Eindruck wie wenig man an materiellen Gütern benötigt um ein glückliches Leben führen zu können.

Wir mit unserem, zum Teil übertriebenen Streben nach Gut und Geld, verbunden mit einem ausgeprägten Sicherheitsdenken, leben viel komplizierter und aufwendiger als die dortigen Menschen.

Zweimal darf man raten wer glücklicher und zufriedener lebt.

Auch das ausgeprägte Leben in der Gemeinschaft ist in dieser Gesellschaft der Südseeinsulaner erhalten geblieben und wird auch heute noch so gelebt.

Nun aber zurück zu unseren Reisen und Abenteuern.

Das größte und eindrucksvollste Erlebnis aber waren unsere Jagdreisen in verschiedene Länder der Erde.

Dabei ging es nicht um die Trophäenjagd, sondern um unverfälschte Erlebnisse in der Natur, weitab vom Business und Stress unserer Zeit.

Die Tiere, die von mir erlegt wurden, dienten dem Verzehr und der Ernährung der dortigen Menschen und wurden selbstverständlich auch von mir und meiner Frau verzehrt.

Auf den Spuren meiner Eltern bin ich ins Salzkammergut und in die Steiermark gekommen.

Nahe Schladming, unterhalb von Stoderzinken bei Gröbming, fand ich eine Jagdmöglichkeit im Hochgebirge.

Das Jagdrevier, mit Alm und zwei Hütten auf knapp 1800m Höhe, war traumhaft schön gelegen mit Blick auf den Dachstein.

Gams- und Rotwild, Rehwild und auch Birkwild konnten dort bejagt werden.

Die Familie des Jagdinhabers hatte einen wunderschönen Bauernhof mit Ferienwohnungen im Tal.

Mein erstes Jagderlebnis hatte ich dort vor zwanzig Jahren, Anfang Mai noch im Schnee.

Mit Franz, dem Bauern und Jagdinhaber, bauten wir einen sogenannten Schirm, ein Versteck, hoch oben auf fast 2000 Metern, das wir in der Nacht mit Licht von Taschenlampen aufsuchten und uns dort verbargen.

Der Weg dorthin war waghalsig und abenteuerlich.

Teilweise waren schmale Grate zu überwinden und jederzeit hätten wir bei dieser Schneelage abrutschen können. Aber ich hatte absolutes Vertrauen zu Franz, der sehr viel Erfahrung hatte und in dieser Welt groß geworden war.

Beim ersten Morgengrauen hörten wir dann den Balzgesang der Birkhähne, die dort unweit von uns ihre Balztänze aufführten, um die Hennen zu betören (Kennen wir ja auch von uns Menschen).

Dieser Balzgesang erzeugte bei mir eine Gänsehaut und ich war fasziniert von dem Geschehen.

Als es immer heller wurde und die Sonne emporstieg, hatten wir einen traumhaft schönen Blick auf die Berggipfel der Tauern.

Seitlich konnten wir den Dachstein erblicken, der von der milden Morgensonne angestrahlt wurde.

So eine Szene vergisst man nie mehr im Leben.

Die Hähne hörten wir, bekamen sie aber nicht in den Anblick.

Als wir schon an den bevorstehenden, teilweise sehr anstrengenden Rückweg zur Hütte dachten, da baumte ein Hahn plötzlich auf der Zirbelkiefer über uns auf und begann sich zu drehen und balzte.

Ich legte mein Gewehr auf der Schulter meines Jagdführers auf und konnte den Hahn mit einem gezielten Schuss erlegen.

Stolz sind wir dann mit dem prächtigen Hahn auf den Rucksack gebunden, fast dreieinhalb Stunden abgestiegen. Wobei wir oben in den Schnee einsanken, also eine echte Plackerei.

Im Dorf angekommen beglückwünschten uns die Dörfler zu diesem Jagderfolg, den wir dann ausgiebig feierten.

Bedenken musste ich dabei nicht haben, denn der Abschuss von Birkwild wird vom Staat streng reguliert und es werden nur Eingriffe in die Population gemacht, wenn es notwendig und verantwortbar ist.

Es kamen dann noch einige Jagderlebnisse in mehreren Jahren hinzu, jeweils immer im Oktober.

Der erste Gamsbock wird mir immer in Erinnerung bleiben.

Nach einer kraftraubenden Pirsch von unserer Hütte aus, im ersten hohen Schnee, bekamen wir einen starken Gamsbock in den Anblick als er eine Geis trieb.

Wir wollten schon weiterpirschen, aber dann trieb er eine andere Geis in unsere Richtung.

In gut 100 Meter Entfernung verhoffte er kurz. „*Schias*" hörte ich Franz leise sagen und legte blitzschnell auf meinem vor mir liegenden Rucksack auf und schoss.

Durch das Zielfernrohr sah ich wie er im Schuss fiel und auf der Stelle liegen blieb.

Es war ein starker, alter Bock, den wir dann sehr mühevoll aus der Wand gegenüber bergen mussten, was nicht ungefährlich war.

Ein paarmal hat der Einsatz unserer Bergstöcke uns vor dem Abrutschen bewahrt. Ja hier hilft auch Gottvertrauen.

Wenn man dann Stunden später wieder nach der Plackerei in der warmen Küche sitzt und mit den Jagdfreunden mit einem Enzian auf den Jagderfolg anstößt, dann ist man dankbar das alles gut verlaufen ist.

„Waidmannsheil und Horrido" ertönt es dann und man freut sich schon auf die kräftige Gamssuppe.

Die Jäger dort im Gebirge achten noch sehr streng auf die Regeln und Gesetze.

Ein Jäger der einen zu jungen, nicht passenden Bock oder Hirsch erlegt, muss mit Sanktionen rechnen und erntet starke Kritik auf den Trophäenausstellungen.

Meine Frau und ich haben uns im Kreise dieser naturverbundenen Jäger immer sehr wohl gefühlt, bei denen die Achtung für die Kreatur noch im Mittelpunkt steht.

Wir hoffen sehr, dass dies an die nächste Generation weitergegeben wird. Nur auf dieser Basis ist die Jagd verantwortbar.

In den Jahren danach zog es uns mehrmals ins schottische Hochland.

Dort jagten wir zusammen mit Freunden auf Rotwild, Crouse (Moorhühner) und Schneehasen.

Unvergessen bleiben die Eindrücke im Hochmoorgebiet und am River Findhorn, wo wir in einem Herrenhaus wohnten und fröhliche Abende am Kamin mit schottischen Whisky verbrachten.

Dabei lernten wir die Schotten als sehr gastfreundschaftliche Menschen kennen.

Auch bei diesen Jägern dort stand die Achtung für die Kreatur im Mittelpunkt und ohne Anstrengung war kein Jagderfolg beschieden.

Einen Hirsch im Tal, nahe dem Jagdhaus zu erlegen, war absolut verpönt und fand keine Akzeptanz bei diesen naturverbundenen Jägern.

Deshalb sind wir auch immer wieder gerne und voller Achtung dort hin zurückgekehrt.

Wenn meine Frau und ich über unsere Reisen und Jagderlebnisse sprachen, dann stand Namibia an erster Stelle und wir haben niemals danach solche Erlebnisse mit Tieren und Natur gehabt wie dort.

Damals hatten wir das große Glück auf der Farm Okatjeru von Günther und Heidi in Namibia wohnen und jagen zu dürfen.

Günther lernte ich seinerzeit in Freiburg kennen und nachdem er die Farm dort im nördlichen Namibia gekauft hatte, besuchten wir ihn und seine Frau Heidi.

Wir flogen nach Windhuk und wurden von Günther dort mit einem VW-Bus abgeholt.

Zunächst ging es über normale Straßen, dann wurden diese immer enger und nur noch mit Sand befestigt, die sogenannten „Pads", die einen hohen Reifenverschleiß haben.

Zweimal hatten wir eine Reifenpanne und mir wurde klar warum drei Reserveräder im Bulli lagen. Beim Radwechsel, mitten in der Savanne, musste ich auf Geheiß von Günther unseren Standplatz mit dem Gewehr über der Schulter sichern.

Trotz allem kamen wir wohlbehalten auf der Farm an, die einen guten und gepflegten Eindruck machte. Die nächste Nachbarfarm lag fünfundzwanzig Kilometer weit entfernt, also gab es viel Platz rundherum.

Günther hatte für seine 15 Mitarbeiter und ihre Familien neue, kleine Häuser mit eigenem Herd, was dort eine Rarität war, gebaut.

Wir waren in einer Zeit dort, in der es seit 3 Jahren nicht mehr geregnet hatte und somit die Nahrung für das Vieh sehr knapp wurde.

Zudem war der Wildbestand zu groß geworden. Rinder und Wildtiere mussten sich nun das knappe Futter teilen.

Günther war also gezwungen beide in ihrem Bestand zu reduzieren. Deshalb hatte er mich nach Namibia eingeladen um ihn dabei zu unterstützen.

Wenn wir auf dem riesigen Farmgelände pirschten, begegneten uns Kudus,

Oryxantilopen, Kuhantilopen, Duiker und reichlich Warzenschweine.

Es waren tolle Anblicke und Erlebnisse in dieser afrikanischen Wildnis.

Die zahlreichen Fährten im Sand der Savannenlandschaft ließen einen deutlich überhöhten Wildbestand erkennen.

Die Jagd war trotz allem nicht einfach und wir mussten alle unsere Sinne anstrengen um Erfolg zu haben.

Dort gab es keine Hochsitze wie in Deutschland, daher wurde alles Wild freistehend auf der Pirsch erlegt.

Wir mussten also möglichst nahe an das Wild heranpirschen und dabei jede Deckung nutzen. Dabei nutzten wir besonders die Morgen- und Abenddämmerung.

Erschwerend kam in der Dämmerung die Gefahr die von den zahlreichen Giftschlangen ausgingen dazu, von denen es in Namibia sehr viele Arten gibt und deren Biss oft tödlich endet für das Opfer.

Eines Morgens hatte ich gerade auf der Schulter meiner Frau das Gewehr aufgelegt um eine Oryxantilope zu erlegen, da schlängelte urplötzlich eine Speikobra mit einer Länge von drei Metern, nur wenige Meter vor uns, her.

Diese spritzt beim Angriff ihr Gift dem Opfer ins Gesicht und in die Augen, sodass direkte Lebensgefahr entsteht.

Die gefährlichste Schlange dort in der Savanne ist jedoch die Puffotter, die sich hinter am Boden liegenden Altholz versteckt und nicht, wie andere Schlangen es tun, flüchtet.

Eine Konfrontation mit ihr endet oft tödlich.

Hier helfen nur hohe Lederstiefel und ein gutes Auge.

Mittags, wenn die Sonne hoch steht und es sehr warm wird, sucht man beim Pirschen gerne den Schatten der wenigen Savannenbäume auf.

Aber auch da muss man aufpassen. Sitzt kein Vogel am Baum besteht die Gefahr, dass die Baumschlange dort im Geäst sitzt und sich dann von oben auf ihre Opfer fallen lässt.

Gott sei Dank haben wir diese Gefahren und auch eine Begegnung mit einem Leoparden, den wir erst im letzten Augenblick bemerkten, heil überstanden.

Nach anfänglichen Drohgebärden, verbunden mit intensiven Fauchen, hatte ich die Waffe schon im Anschlag um uns beim Angriff zu verteidigen, dann aber verzog er sich in den nahen Busch und wir legten den Rückwärtsgang ein.

Noch mal gut ausgegangen!

Beeindruckend für uns waren immer wieder die Sonnenuntergänge dort in der Savanne. Dabei wird es dann mit einem Schlag dunkel, als ob jemand das Licht abgedreht hat.

Vorher kann man alle Stimmen der Tiere wie in einem Konzert noch mal intensiv hören. Herrlich dieses Konzert!

Nach einer Woche hatten Günther und ich 12 Wildtiere erlegt, deren Fleisch für die Ernährung der Familien, die auf der Farm lebten, bestimmt war und in großen Kühltruhen aufbewahrt wurde.

Hier hatte die Jagd noch ihre ursprüngliche Bedeutung und machte von daher einen Sinn.

Die Menschen auf der Farm haben wir in guter Erinnerung behalten, immer gut gelaunt und oft ein Lied auf den Lippen.

Als eines Mittags die Küchenhilfe fehlte weil die Geburt eines Kindes nahte, fragten wir, warum keine andere Frau von der Farm diese Tätigkeit übernehmen könne. Die kurze Antwort war: „Weil alle Aids haben und das Risiko in der Küche zum Beispiel bei Schnittverletzungen zu groß ist. Ihre Männer lehnen den Schutz durch Kondome ab."

Wir waren sehr bedrückt und auch besorgt wegen der Kinder, die eine schlimme Zukunft vor sich hatten.

Den Abschluss unseres Farmaufenthaltes bildete der Besuch der Gedenkveranstaltung zur Schlacht am Waterberg, der als Hochplateau von weit her sichtbar war.

Damals im Jahre 1904 beim Aufstand der Hereros, wie die Eingeborenen dort heißen, fand unter dem deutschen Generalleutnant von Trotha die entscheidende Schlacht dort am Waterberg statt.

Mehr als tausend Hereros wurden bei der Schlacht getötet und viele Tausende auf der Flucht von der Wasserversorgung abgetrennt. Dabei kamen 80% des Volkes durch Verhungern und Verdursten ums Leben.

Es war der erste große Völkermord den die Deutschen im Auftrag des Kaisers zu verantworten haben.

Die Gedenkveranstaltung war ein sehr würdiger Rahmen um der Verstorbenen beider Völker zu gedenken.

Heidi und Günther gilt unser herzlicher Dank für die gewährte großzügige Gastfreundschaft auf der Farm.

Nach diesem ergreifenden Erlebnis fuhren wir nun mit einem VW-Bus in den Etoscha-Nationalpark im Norden des Landes.

Der Nationalpark erstreckt sich auf einer Fläche von 23.000 km² mit der Etoscha Pfanne in der Mitte.

In diesem Gebiet leben tausende wilder Tiere und es ist ein unvergessliches Erlebnis dort mit einem Safaribus unterwegs zu sein.

An den Wasserlöchern konnten wir große Knuherden, hunderte Springböcke, Kudus mit ihren gedrehten, bis 1,50 Metern langen Hörnern, Zebraherden, Warzenschweine und Elefanten, die unserem VW-Bus manchmal beängstigend nahe kamen, bestaunen und uns satt daran sehen.

Besonders spannend und aufregend war es Löwen, die im Rudel im Schatten der Savannenbäume ruhten, zu beobachten. Manchmal machte die führende Löwin einen Scheinangriff in Richtung Tierherden, die dann wie erstarrt verhofften und sich auf eine Flucht vorbereiteten.

Aber auch Hyänen und Geparden bekamen wir in den Anblick und wir glaubten manchmal in einem Film zu sein.

Deutlich konnten wir dann feststellen wer der König der Tiere dort ist; nicht der Löwe, sondern der Elefant.

Wenn diese gewaltigen Tiere an das Wasserloch kamen, dann machten alle Tiere ehrfurchtsvoll Platz.

Übernachtet haben wir am ersten Abend in der Lodge Halali. Dort haben wir in der Dunkelheit an einem beleuchteten Wasserloch, geschützt durch eine Mauer, gesessen und bis tief in die Nacht das Kommen und Gehen der Tiere beobachten können.

Manchmal hörten wir das gewaltige Brüllen eines Mähnenlöwen, den wir dann beobachten konnten.

Da wird man schon ein wenig ängstlich und ein Schaudern überkam uns.

All dies waren einmalige Erlebnisse, wie wir sie in Europa schon sehr lange nicht mehr erleben können.

Wir hoffen sehr, dass die Regierung von Namibia, zusammen mit weltweiten Sponsoren, diese einmalige Natur mit ihrer Tiervielfalt erhalten wird.

In Europa beschränkt sich das leider auf kleine Parks, alles andere haben wir der Besiedlung geopfert.

Mit diesen einmaligen und beeindruckenden Erlebnissen haben wir uns dann von Afrika und ihren liebenswürdigen, frohen Menschen verabschiedet. Die Reise werden wir niemals vergessen.

Wenn ich über diese vielfältigen Erlebnisse in aller Welt nachdenke, dann denke ich auch manchmal zurück wie einfach und spartanisch meine Eltern leben mussten und das knapp eine Generation zurück.

Der Kampf ums tägliche Brot und die kleinen Dinge waren bei ihnen noch im Mittelpunkt ihres Lebens.

Diese Generation der Eltern hat die Basis für unseren heutigen, hohen Lebensstandard geschaffen.

Wir als Nachfolgegeneration haben natürlich mit angepackt und kräftig an dem Streben zum Erfolg mitgearbeitet.

Unserer heutigen Generation ist dieser Kampf fremd und vieles wird als selbstverständlich erachtet.

Allerdings schließe ich mich nicht der Meinung an, dass die heute lebende Generation nicht mehr in der Lage sei die Ärmel wieder hoch zu krempeln und für Verbesserungen zu kämpfen. Ich bin ziemlich sicher, sie sind in der Lage dazu, aber sie würden es mit anderen Mitteln tun.

Also keine Bange, das Leben geht weiter und es sind wieder neue, andere Herausforderungen zu bestehen.

Wenn man daran geht, diese Herausforderungen anzunehmen, dann fällt mir ein Spruch meines Großvaters in Wien ein, der mir ein Leitgedanke war: „Alles was Du tust, tue es klug und bedenke das Ende!"

11. Kapitel

Die Zeit unserer Kinder.

Unser erstes Kind war ein Wunschkind und wir freuten uns sehr auf dieses Kind.

Auf einen Namen konnten wir uns zunächst nicht einigen. Es begann nun die Zeit des Wartens und Hoffens das alles gut gehen möge.

Als Mann hatte ich mir, wie in unserer Familie üblich, einen Stammhalter gewünscht.

„Der Name muss weiter getragen werden", war das Credo meines Vaters.

Meine Frau, die schon einmal eine Fehlgeburt erlitten hatte, verhielt sich ruhig und hoffte, dass keine Komplikationen eintreten würden.

Als dann der Zeitpunkt der Niederkunft sich immer mehr näherte, erfasste uns neben der hoffnungsvollen Erwartung auch etwas Unruhe.

Eines Abends dann begannen die ersten Wehen. Jetzt wurde es ernst.

Meine Frau wollte kein Risiko eingehen und begann ihre Sachen zu packen. „Lass uns ins Krankenhaus fahren, ich habe keine Ruhe mehr", forderte sie mich auf.

Leichter gesagt als getan, draußen war ein Eisregen runtergekommen und es war spiegelglatt auf den Straßen.

Wir sind trotzdem gefahren, denn es gab damals noch Winterreifen mit Spikes und ich als Rennfahrer, beherrschte auch diese Straßenverhältnisse.

Im Krankenhaus sagte man uns, dass die Geburt noch etwas dauern würde, sodass ich wieder nach Hause fahren konnte.

Als früh am Morgen das Telefon klingelte, wurde mir vom Krankenhaus die freudige Mitteilung gemacht, dass ich Vater geworden sei.

Mit Freude und Stolz betrat ich später das Krankenhaus und auf der Station zeigte mir die Hebamme mein Kind… eine Tochter!

Damit hatte ich nicht gerechnet und meine Enttäuschung war mir wohl deutlich anzumerken.

"Mein Gott sind Sie doch froh, dass es ein gesundes Kind ist", meinte die Hebamme und sah mich etwas vorwurfsvoll an.

Am Bett meiner Frau versuchte ich diese Enttäuschung zu verbergen, was mir nur leidlich gelang.

In späteren Jahren haben wir dann über meine Befindlichkeit oft gelacht.

Aber so sind wir Männer!

Das kleine Mädchen erhielt den Namen Petra und machte uns sehr glücklich.

Als ich sie zum ersten Mal in meinen Armen hatte, da durchströmte mich eine große Freude und als ich das zufriedene Lächeln meiner Frau sah, war es einer der großen Momente in meinem Leben.

Nun war ich Vater, ein ganz neues Gefühl, dass auch in Richtung Verantwortung zeigte.

Die Kleine war anfangs etwas pummelig und bewegte sich ungern von der Stelle. Sie saß lächelnd und freudestrahlend am Boden und beschäftigte sich mit allem was sie dort fand.

Wir, die noch keine Erfahrung mit Kindern hatten, befürchteten schon, dass sich diese Entwicklung noch verstärken würde.

Weit gefehlt, Petra wurde später die Sportlichste von uns allen. Sie spielte hervorragend Tischtennis in der Mannschaft und lief später als Erwachsene sogar Marathon.

Zudem erwarb sie die Trainerlizenz und gab Gymnastikkurse.

Das Kinderbettchen stand bei uns im Schlafzimmer und da Petra oft nachts weinte, musste ich, um morgens fit zu sein, ins Wohnzimmer umziehen.

Trotzdem war sie für uns und ihre Großeltern ein Sonnenschein.

Nach zwei Jahren fassten wir den Entschluss die Familie durch ein zweites Kind zu vergrößern und der kleinen Petra, diesmal ein Schwesterchen zu bescheren.

Wunschgemäß kam dann unsere Katja, das Nesthäkchen, zur Welt.

Sie weinte kaum und hatte immer ein Lachen im Gesicht. Etwas Kummer hatten wir, als der Kinderarzt eine Wirbelsäulenverkrümmung diagnostizierte.

Die kleine Katja musste dann über lange Zeit eine sogenannte Spreizhose tragen was sicherlich für sie sehr schmerzhaft war. Aber auch das ertrug sie mit einem Lächeln.

Beide Mädchen wuchsen nun in einer größeren Wohnung auf und hatten dort ein eigenes Kinderzimmer.

Es waren wunderschöne Zeiten!

Gerne erinnere ich mich an die strahlenden Augen unserer Kinder, wenn sie vor dem Weihnachtsbaum ihre Geschenke auspackten, die damals noch nicht so üppig waren wie heute.

Oft waren meine Eltern und meine Schwiegereltern mit anwesend und wir feierten innerhalb unserer Familie das Weihnachtsfest.

Schon sehr früh reisten wir in den großen Ferien mit den Kindern quer durch Europa, damit sie in Kontakt mit anderen Kulturen und Menschen kamen. Davon hatte ich in einem vorhergehenden Kapitel schon ausführlich berichtet.

Gefordert wurden wir als Eltern, als unsere Mädchen so langsam erwachsen wurden und in die Pubertät kamen.

Das war zum Teil, vor allem für mich, eine Herausforderung.

Meine Ansage der Ältesten vor dem Besuch der Disko lautete: " Um 22 Uhr bis du zu Hause oder ich hole Dich ab" und wurde von ihr mit wütenden Blicken und Boykott quittiert.

Damals habe ich hinter jedem Jungen der unser Haus betrat, den potentiellen Gefährder für die Zukunft des Mädchens gesehen.

So manchen Kampf musste ich damals mit Petra ausfechten, die offenbar mein Durchsetzungsvermögen geerbt hatte.

Gott sei Dank ging auch diese schwierige Zeit vorüber, vor allem aufgrund der diplomatischen Bemühungen der Mutter.

Bei unserer Jüngsten hatten wir schon so viel Erfahrung als Eltern gesammelt, sodass alles harmonischer und rationaler ablief.

Wenn sie dann zu mir kam und mit einem strahlenden Lächeln mich fragte: „Papa bringst du mich heute zur Disko?" dann konnte ich nur ja sagen.

Beide Mädchen entwickelten sich prächtig und bevor es uns bewusst wurde, waren sie zu hübschen jungen Frauen herangereift, die nach guter schulischer und beruflicher

Ausbildung, die wir ihnen gewähren konnten, langsam erwachsen wurden.

Wir waren stolz darauf, so hübsche und kluge Kinder zu haben.

Ich persönlich habe nie den Jungen, den ich mir anfangs so gewünscht hatte, vermisst.

Sie begannen ihren eigenen Lebensweg zu gehen und wir durften den einen oder anderen Verehrer kennenlernen.

Manchmal mit großer Erleichterung wenn diese dann wieder aus dem Rennen waren.

Nachdem sie dann einen Partner gefunden hatten, begannen sie damit ihre eigene Familie zu gründen.

Unsere Älteste hatte schon mit knapp 16 Jahren einen festen Freund.

Beide waren unzertrennlich und alles passte.

So waren wir nicht verwundert als sie uns stolz erklärten, dass sie heiraten wollten.

Er, ein großgewachsener und intelligenter junger Mann, der nach seinem Studium die ersten Schritte in seinem Beruf begonnen hatte, war auch für uns eine gute Wahl.

Die Hochzeit, die wir ausrichten durften, war für uns ein völlig neues Kapitel im Leben unserer Tochter und gleichermaßen aufregend sowie verbunden mit großer Freude.

Nie im Leben werde ich vergessen mit welchem Stolz ich meine Tochter Petra am Arm durch die gesamte Kirche bis an den Altar geleitet habe und sie dort ihrem zukünftigen Ehemann übergeben durfte.

Jetzt wurde mir schlagartig klar, dass nun ein neues Leben für sie begann; außerhalb des Elternhauses.

Als dann der Solist hoch oben von der Orgeltribüne das Lied "Ich bete an die Macht der Liebe" anstimmte, da rannen ganz verstohlen ein Paar Tränen über meine Wangen. Noch heute, wenn ich in meinem Männergesangverein dieses ergreifende Lied singe, muss ich an diese Hochzeit denken.

Die anschließende Feier, die wir in einem Hotel, das unmittelbar am Rhein lag, organisiert hatten, war ein echtes Familienfest mit großer Stimmung und Fröhlichkeit.

Viele Jahre später hatte auch unsere jüngste Tochter den Mann fürs Leben gefunden.

Es war ein Kommilitone aus ihrer Studienzeit in der spanischen Stadt Zaragoza in den sie sich verliebt hatte.

Die Hochzeit der „kleinen" Katja war auch ein echtes und bleibendes Erlebnis.

Sie fand mit den spanischen Verwandten in einer wunderschönen Bucht am Mittelmeer, in einem speziell für diese Zwecke ausgestatteten Hotel, unweit von Cadiz statt.

Auch dort durfte ich meine Tochter, diesmal über einen Holzsteg an den Hotelstrand führen, an dem der Standesbeamte und alle Hochzeitsgäste versammelt waren.

Diese Trauung am Strand, mit Blick auf einen Leuchtturm, hatte eine ganz besondere Atmosphäre die mir immer in Erinnerung bleiben wird.

Als am Abend eine andalusische Kapelle aufspielte und die Sonne langsam im Meer versank, da war das so ein wenig wie in einem Hollywood-Film.

Enkel Pablo spielte in den Pausen auf seiner kleinen Gitarre und imitierte die andalusischen Sänger.

Wir verbrachten alle ein paar schöne Tage in dieser Bucht am Mittelmeer und Spanier und Deutsche kamen sich dabei etwas näher.

Als wir uns nach dieser romantischen Hochzeit, alle wieder auf den Heimweg machten, da stieg in mir etwas Wehmut auf.

Katja wird nun in Madrid leben und wahrscheinlich nicht mehr, außer bei Besuchen, in ihr Heimatland zurückkehren.

Das Loslassen ist für Eltern eine schwierige und ganz neue Erfahrung und das umso mehr, wenn man eine so enge Verbindung zu seinen Kindern hat.

Ehrlich gesagt mir fiel diese Abnabelung der Jüngsten nicht leicht.

Aber das ist der Lauf der Dinge, die wir Eltern nicht beeinflussen können.

Uns bleibt die Hoffnung, dass es eine gute und stabile Partnerschaft wird, die bis ans Ende der Tage hält.

Beeinflussen können wir diesen Weg als Eltern jedoch nicht mehr.

Wir können nur hoffen und beten. Unser aller Ziel sollte ein glückliches und erfülltes Leben sein, welches von Mensch zu Mensch bekanntlich sehr unterschiedlich ausfallen kann.

Es möge dieser Wunsch in Erfüllung gehen und eine wunderbare Zukunft für uns und die Familie unserer Kinder bringen.

Auch wenn wir räumlich etwas getrennt sind, im Herzen werden wir uns immer nahe sein!

Wenn wir unsere Enkel um uns herum haben und sie dann, wie die kleine Alma in den Ferien, ganze sechs Wochen betreuen dürfen, dann wird diese Nähe mit Leben erfüllt.

Wenn sie dann ganz ohne Heimweh uns immer näher kommt und sie sich an uns schmiegt und liebevoll sagt: "Omi und Opi ich liebe euch", dann ist das Glück vollkommen.

Was wollen wir mehr?

Auch wenn die beiden Enkel, Pablo und Diego, sich bei uns zuhause fühlen, ist das ein Geschenk für uns.

Mit dem Opa die Spuren der Tiere im Wald erforschen und allerlei Dinge gemeinsam basteln, das macht uns als Großeltern sehr dankbar und glücklich.

Nun sehen wir diese tollen Kinder heranwachsen und wir können uns darin auch ein wenig selbst erkennen.

Es wirkt manchmal wie ein Spiegel, den man vorgehalten bekommt.

Mit Pablo, dem Ältesten, führe ich manchmal einen Dialog über den Sinn und die Ideale des Lebens.

„Glaube an deine Fähigkeiten, mach das Beste daraus und hab keine Angst vor

Fehlschlägen", das sind „Rezepte" fürs Leben die ich ihm mitgebe.

„Setze deine Gedanken in Taten um und konzentriere dich auf deine Ziele." Das sind Orientierungspunkte, die ich ihm anhand meines Lebens erkläre.

Andächtig hört er mir dabei zu, auch wenn er jetzt noch nicht alles verstehen kann. Ich hoffe er wird sich später an diese Gespräche ebenso erinnern wie es bei mir mit meinem Großvater in Wien war.

Sie waren mir eine wichtige Richtschnur im Leben.

Die Werte Gerechtigkeit, Freiheit und Einsatz für die Gesellschaft, hatte er mir tief eingepflanzt.

Das Beste für einen solch jungen Menschen ist allerdings das gelebte Vorbild der Eltern und Großeltern.

Dann werden diese Dialoge glaubhaft und erhalten einen realen Hintergrund.

Das größte Geschenk auf dieser Erde ist eine intakte und funktionierende Familie, die zu einander steht. Der Einzelne wird dann nie alleine sein und wird sich geborgen fühlen.

Ein alter Spruch lautet deshalb:

„Blut ist dicker als Wasser"!

Meine liebe Frau und ich hoffen sehr, dass wir den Weg unserer Kinder und der Enkelkinder noch über lange Wegstrecken mit verfolgen dürfen und an ihrem Leben teilhaben können.

Zurzeit sind wir sehr gespannt auf die bevorstehende Geburt der zweiten Enkelin in Madrid und haben unsere Koffer bereits gepackt, um mit dabei sein zu können.

Also das Leben bleibt spannend und es eröffnet sich immer wieder eine neue Zukunft.

Wir werden in unseren Kindern und Enkeln weiterleben, auch wenn wir uns nicht mehr auf dieser Welt befinden.

Sie werden sich sicherlich liebevoll an uns erinnern und dankbar sein für die gemeinsamen Stunden.

Wenn sie dann ihre eigene Familie gründen werden, dann öffnet sich ein weiterer Kreis der Generationen.

Dies alles erfüllt uns mit Dankbarkeit und hat unserem Leben einen tiefen Sinn gegeben.

Wirklich Glück finden kann man nur in einer Familie. Danach haben wir gelebt und unsere Erfüllung gefunden.

Gerade in unserer heutigen, schnelllebigen Zeit, mit großen Veränderungen, die von der Digitalisierung und einem Werteverlust innerhalb der Gesellschaft geprägt wird, bedeutet Familie ein wichtiger, tiefgehender Anker der Geborgenheit.

Zum Schluss noch mal zurück zu meinen Wiener Wurzeln.

In der Wiener Kultur meiner Mutter und in den Wiener Liedern, werden Leichtlebigkeit und Vergänglichkeit melancholisch unbeschwert besungen.

Das bekannte Lied von Ludwig Gruber ist das beste Beispiel dafür: "Es wird noch ein Wein sein und wir werden nicht mehr sein, drum müssen wir das Leben genießen, so lang es uns freut. Es wird noch schöne Mädchen geben und wir werden nicht mehr leben."

(Hochdeutsche Version)

-Ende-

Danksagung

Dank an das Domarchiv von St. Stephan, Wien für die Bereitstellung des Coverfotos und an meine Tochter Katja für die Mitwirkung.

Bibliografische Information der Deutschen Nationalbibliothek:
Die Deutsche Nationalbibliothek verzeichnet diese Publikation in
der Deutschen Nationalbibliografie; detaillierte bibliografische
Daten sind im Internet über dnb.d-nb.de abrufbar.

TWENTYSIX – Der Self-Publishing-Verlag
Eine Kooperation zwischen der Verlagsgruppe Random House
und BoD – Books on Demand

© 2019 Richard, Herbert W.

Herstellung und Verlag:
BoD – Books on Demand, Norderstedt

ISBN: 978-3-7407-5276-7

FSC
www.fsc.org

MIX

Papier aus ver-
antwortungsvollen
Quellen
Paper from
responsible sources

FSC® C105338